Dorothea Klenner

Paternoster oder der 60. Geburtstag

AF282406

Dorothea Klenner

Paternoster oder der 60. Geburtstag

Roman

Impressum

Texte: © Copyright Dorothea Klenner
Umschlag: © Copyright Dorothea Klenner

Herstellung und Verlag: BoD – Books on Demand, Norderstedt, 2024

ISBN: 9783758366215

Paternoster oder der 60. Geburtstag

Vor 363 Tagen und 59 Jahren rief meine Mutter erfreut, „da ist ja unser Susannchen" und mein Vater ging in seine Stammkneipe „Zum Füllhorn", in der er regel-mäßig Skat kloppte und gab eine Lokalrunde. Etwas später war meine Mutter dann sehr müde und mein Vater sehr betrunken. Ich wurde aber doch nicht auf den Namen Susanne getauft, denn als mein Vater wieder nüchtern war, erinnerte er meine Mutter daran, dass sie vor der Geburt ausgehandelt hatten, dass er den Mädchennamen und sie den Jungennamen bestimmen dürfte. Wenn mein Vater bei der Arbeit war und Abwasserkanäle zeichnete, nannte mich meine Mutter also Julchen und wenn sie mit mir schimpfte, nannte sie mich „mein liebes Fräulein" und sie fand sich damit ab, dass es niemals ein Susannchen geben würde, denn ich habe nur noch einen Bruder. Sie steckte mich aber in Rüschenkleidchen und dazu in kratzige Strumpfhosen und ich fand mich damit ab, Susannchenkleider zu tragen, obwohl ich lieber Hosen getragen hätte.

Warum denke ich gerade jetzt an übermorgen, an den Tag, an dem ich sechzig werde und der seit einiger Zeit in meinem Kopf herumspukt, weil ich der Überzeugung unterliege, von diesem Tag an wird es bergab gehen, obwohl es doch schon kurz nach meiner Geburt bergab ging, als ich sehr krank wurde und beinahe das frisch angebrochene Leben wieder abgebrochen hätte, wenn es nicht einen Schutzengel gegeben hätte, an den ich eigentlich nicht glaube, aber der mich vor dem frühzeitigen Ableben bewahrt hatte. Aber nun, kurz vor dem sechzigsten Geburtstag, bin ich tatsächlich davon überzeugt, dass es nur noch bergab gehen wird, weil ich nicht an Schutzengel glaube und weil die Zahl 60 sich nicht mehr nach Jugend und Lebensfreude anhört, nicht nach Erlebnissen, die einmal schöne Erinnerungen sein werden, sondern nach Schwächen auf allen Ebenen, nach Einsamkeit und Krankheit, nach Vergessen und Vergessenwerden.

Und während mir diese Dinge durch den Kopf gehen, stehe ich in einem neonbeleuchteten Gang in der zweiten Etage eines Hochschulgebäudes und warte darauf, dass sich die weißlackierte Tür öffnet, vor der ich stehe und hinter der sich der Raum S 2.02 verbirgt, ein kleiner weißgetünchter Seminarraum mit weißen

Tischen und schwarzen Stühlen, mit Flipchart und einem Beamer, mit Plastikfenstern und einem Plastikboden, der mich kaum an frühere Studienzeiten erinnert, in denen wir damals strickend den Vortragenden lauschten und uns darüber Gedanken machen durften, wie wir unser Studium gestalteten wollten, denn die Studienordnungen waren relativ offen und nicht so voller Klausuren und Präsentationen, die man abzuarbeiten hatte. Auch mit der Uni geht es bergab, denke ich, aber das nutzt mir nichts, wenn ich etwas Neues lernen will, und das zwei Tage vor meinem sechzigsten Geburtstag.

Als Kind war der Dezember mein Lieblingsmonat, denn es war der Monat der Geschenke, der Geburtstagsgeschenke und der Weihnachtsgeschenke, während es heute der Monat ist, in dem meine Winterdepression beginnt und Geschenke keine besondere Bedeutung mehr haben, denn ab sechzig geht es nicht nur bergab, es wird auch weniger mit den Sachen, die mich umgeben, das Materielle, auf das ich immer weniger Wert lege im Gegensatz zu den schönen Momenten, auf die ich immer mehr Wert lege, aber die immer weniger vorkommen.

Als Kind war ich lange von einer Vorfreude auf meinen Geburtstag erfüllt, die sich von Kälte, Regen oder Nebel nicht beeindrucken ließ, höchstens ein wenig von dem jedes Jahr wiederkehrenden Zweifel, ob die Eltern auch wirklich Geschenke besorgt hatten, denn die Geschenke machten den eigentlichen Sinn dieses Tages aus. Ich durchsuchte damals heimlich und regelmäßig die ganze Wohnung, bis ich auf die bunten Pakete stieß, die ich für meine Geburtstagsgeschenke hielt, obwohl es manchmal auch Weihnachtsgeschenke für meinen Bruder oder Verwandte waren, denn meine Eltern begannen genau am 2. November, einen Tag nach Allerheiligen, mit den Weihnachtsvorbereitungen. Sobald ich diese Pakete fand, war ich erleichtert, nicht etwa enttäuscht, denn nun konnte ich meine diffuse Vorfreude auf rechteckige oder unförmige, aber reale Objekte richten.

Die Tür des Seminarraumes öffnet sich und eine Handvoll junger Leute, auf ihre Smartphones starrend, verlassen den Raum und ich suche mir einen Platz in der Mitte des Raumes und sehe einem neuen Schwung junger Leute entgegen, die sich nun im Raum verteilen und wir warten auf Alex Heimann, die Lehrperson.

Alex mit den hübschen, blauen Augen. Und weil es in dem Seminar um Biografisches Schreiben geht, also um persönliche Geschichten, duzen wir uns alle und manchmal liest auch Alex etwas vor.

An meinem vierzigsten Geburtstag habe ich mir die Mandeln herausnehmen lassen, weil ich diesen Tag nicht mit vollem Bewusstsein erleben wollte. Auf dem OP-Tisch liegend hat man mir gratuliert, der Pfleger und der Chirurg, die OP-Schwester und die Anästhesistin. Nachher bekam ich den Mund nicht mehr auf, aber dennoch den Prosecco und die Antifaltencreme geschenkt, jede Menge Blumen und ein paar Bestseller und konnte nicht einmal Danke sagen. Die Geschenke habe ich im Krankenhaus liegen lassen, wie auch meine Mandeln. Bin nach Hause gefahren und habe nicht mehr über diesen Tag nachgedacht. Habe einfach weitergelebt.

Ich habe also schon lange keine Mandeln mehr und auch keinen Blinddarm. Ich überlege, was ich mir sonst noch herausnehmen lassen könnte, komme aber zu dem Ergebnis, dass ich möglicherweise das ein oder andere Organ noch brauchen werde. Übermorgen werde ich sechzig, und wenn ich nicht vorher unter einen Raupenschlepper gerate oder mit dem Auto gegen eine Leitplanke fahre oder eine Nierenkolik bekomme, werde ich keine Chirurgen und Anästhesisten unter meinen Gratulanten vorfinden. Die teure Antifaltencreme werde ich nicht wegwerfen, denn die Freunde schauen bei jedem Besuch in meinem Badezimmer nach, ob sie dort noch liegt und fleißig benutzt wird, denn an meinem Gesicht werden sie es nicht erkennen. Ich hoffe, dass ein Teil der Bestseller original verpackt ist, dann kann ich sie weiter verschenken. Den Nippes, den man bei solchen Gelegenheiten geschenkt bekommt, bringe ich in den Keller und lagere ihn dort bis zur nächsten Entrümpelungsaktion, denn für Nippes habe ich keinen Platz, weder in meiner Wohnung, noch in meinem Leben. Die Blumen lasse ich verwelken oder ich bringe sie auf den Friedhof zu meinen Eltern, weil meine Mutter Blumen über alles liebte.

Schatz, die schönen Blumen, rief sie immer erregt, wenn mein Vater ihr am Hochzeitstag einen Strauß Blumen schenkte, sie zärtlich in den Arm nahm und vor unseren Augen küsste. Für die Blumen gab es dann panierte Koteletts mit

Rotkohl und Klößen und mein Vater sagte, hm, wie lecker, Schatz, und dann saßen wir alle um den kleinen Esstisch in unserer Küche und ich mochte keine panierten Koteletts. Ich wartete auf den Moment, in dem meine Mutter den Knochen in die Hand nahm und ihn abnagte. Mit ihrem künstlichen Gebiss erzeugte sie ein klackendes Geräusch, aber sonst hörte man nichts. Es fiel auch nie heraus, verschob sich höchstens ab und zu und ich starrte auf meinen Teller, das klackende Geräusch im Ohr und mir war ein wenig übel.

Unsere Tochter wird einmal eine Sportskanone, sagte mein Vater viel häufiger als nötig und meine Mutter meinte, ich solle doch lieber Friseuse werden, dann könnte ich ihr die Haare machen. Die Haare machen bedeutete, ihr feines, trockenes Haar auf große blaue und kleine gelbe Lockenwickler aufzudrehen. Zwar ging meine Mutter nicht ungern zum Friseur, allein schon wegen der Zeitschriften, aber sie war eben eine sparsame Frau und erhoffte sich deutliche Einsparungen mit einer Tochter, die ihre Haare machen konnte. Irgendwann war klar, dass ich weder eine Sportskanone noch eine Friseuse werden würde.

In zwei Tagen werde ich sechzig. Ich besitze nicht einmal einen Wohnzimmerschrank, auf den ich die Pokale hätte stellen können und keinen Beutel mit großen blauen und kleinen gelben Lockenwicklern. Wenn ich zum Friseur gehe, sage ich nie wie meine Mutter „waschen-färben-legen", sondern einfach nur „die Spitzen schneiden und den Ansatz tönen", aber ich informiere mich ebenfalls, wie es um das britische oder schwedische Königshaus bestellt ist und welche Promis sich getrennt oder vermehrt haben. Ich sage nie wieder zur Friseuse „einen kurzen Stufenschnitt, bitte", denn das musste ich als Kind immer sagen und dann verpasste die Friseuse mir einen Meckischnitt, der so praktisch war, und ich trug ein Rüschenkleid, das so unpraktisch war und dazu die kratzenden Strumpfhosen, die ebenfalls unpraktisch waren für lebhafte Kinder wie mich. Immer, wenn ich hinfiel, bekamen sie ein Loch und das Blut klebte an den Fusseln der aufgerissenen Strumpfhose und beim Ausziehen riss die Wunde wieder auf und tat weh und die Ohrfeige, die ich von meiner Mutter bekam, tat auch weh, aber nur kurz. Meine Mutter war sparsam und Strumpfhosen nicht preiswert.

Was soll nur aus dem Kind werden, fragte sich meine Mutter wieder und wieder besorgt. Wenn schon nicht Friseuse, dann wenigstens Hausfrau, aber sie äußerte ihre Zweifel, ob mich denn jemals ein Mann nehmen würde, mich, die ich auf Bäume kletterte und Strumpfhosen zerriss und nicht Susannchen heißen wollte.

In zwei Tagen werde ich sechzig und so gesehen ist nichts aus mir geworden. Der Mann, der mich nahm, erschien dann nur noch als Unterhaltszahler auf meinem Kontoauszug. Ich bin keine Friseuse, sondern eine Studentin für „Biografisches Schreiben" und das ist sehr ungewöhnlich, wenn es nur noch zwei Tage dauert, bis man sechzig wird und es dann bergab geht.

Für meinen Vater wäre es auch ungewöhnlich gewesen, dass jemand mit sechzig studiert und er hätte gar nicht verstanden, was ich eigentlich studiere, weil er genau zu denen gehörte, die niemals über ihre Vergangenheit sprachen, nicht über die Nazizeit, nicht über den Krieg, nicht über die Flucht. Ich hätte ihm dann erklärt, dass ich Lehrerin werde, Lehrerin für Biografisches Schreiben, das hätte er vielleicht verstanden und Lehrerin hätte ihm gefallen, es wäre fast so gut wie Sportskanone, und dass man mit sechzig nicht mehr Sportskanone wird, das hätte er vermutlich auch verstanden. Aber dass man mit sechzig überhaupt noch etwas werden wollte, das hätten meine Eltern nicht verstanden, denn mit sechzig bereitet man seinen Ruhestand vor, geht spazieren, strickt Socken, sitzt in Sprechzimmern von Ärzten, steht am Herd oder bastelt im Keller.

Wenn meine Mutter wüsste, dass ich von ihren Ersparnissen, die sie mir vererbt haben, mein Studium finanziere, würde sie sich im Grabe umdrehen, denn das hat sie oft gesagt, wenn ihr mein Geld verjubelt, werde ich mich im Grabe umdrehen und Studenten liegen dem Vater Staat und ihren Eltern auf der Tasche. Ich liege meinen Eltern nicht mehr auf der Tasche, aber ich verjuble Monat für Monat ihr sauer gespartes Geld. So nannten meine Eltern ihre Ersparnisse. Ein Junge durfte ruhig studieren, aber für Mädchen hielten sie ein Studium für überflüssig. Friseuse und Verwaltungsfachangestellte, das waren in ihren Augen solide Berufe für Mädchen. Kind, mach doch eine Lehre bei der Stadt, sagte meine Mutter nach meinem Abitur, da lernst du nette Männer kennen und hast einen ordentlichen Beruf und ich fragte nicht, was ein unordentlicher Beruf sei, sondern beharrte darauf, studieren zu wollen ohne eine Vorstellung davon zu haben, welches Studium für mich geeignet sein könnte. Ich dachte eher an den Freizeitwert, den ein Studium aufwies.

Meine Kommilitoninnen, die mit mir den weiterbildenden Studiengang „Biografisches Schreiben" gewählt haben, sind eher dreißig als sechzig. So wie Greta, meine Tochter. Mit dreißig ist man jung, man bekommt weder Falten noch Antifaltencreme geschenkt, man kann unbesorgt Snowboardkurse, Karriere und Kinder planen, und die nettesten Männer sind auch noch nicht alle vergeben. Mit dreißig ist man schon erwachsen und wird ernst genommen, obwohl man doch jung ist und vielleicht einiges gar nicht so ernst meint. Mit 59 Jahren und 363 Tagen wird man überhaupt nicht ernst genommen, wenn man seinen Rucksack mit dem Collegeblock packt, in sein verbeultes Auto steigt und Runde um Runde um den Hochschulparkplatz kurvt, um einen freien Parkplatz zu ergattern.

Wer „Biografisches Schreiben" studiert, muss sich mit dem Schreiben von Geschichten auskennen, sagt Alex mit den hübschen blauen Augen. Üben, üben, üben, sagt Alex und schreitet durch die Reihen des Seminarraumes. Wir alle dürfen einmal kurz in die hübschen, blauen Augen schauen. Alex verteilt kleine Kärtchen, auf denen ein Thema vermerkt ist, ein Thema, zu dem wir eine Geschichte schreiben sollen und für diese Übung haben wir eine Woche Zeit. Es geht um Jubiläen, Geburt, Hochzeit, Beerdigung und runde Geburtstage.

Ich starre auf meine Karte und Alex steht vor mir und lächelt mich an, „das ist ja ein Joker, da kannst du doch sicherlich einiges zu schreiben", und ich bin beleidigt, weil ich es als Anspielung auf mein fortgeschrittenes Alter sehe, und vielleicht denkt Alex auch, dass es ungewöhnlich ist, wenn jemand wie ich in einem Seminar zum Biografischen Schreiben sitzt, unter lauter jungen Leuten, die jetzt schon erste Ideen in ihre I-Pads tippen, weil sie jung und kreativ sind, und ich denke, ich habe nur eine Woche Zeit, dann muss ich die Geschichte abgeben oder vorlesen, denn das gehört zum Studium, das Geschichtenschreiben.

Am Ende des Seminars stopfe ich schnell den Collegeblock und die Themenkarte in den

Rucksack und gehe nicht in die Cafeteria und trinke keinen Kaffee mit den jungen Kommilitoninnen, sondern begebe mich direkt auf den Parkplatz und denke, was soll nur aus mir werden, denn wie immer habe ich vergessen, wo mein verbeultes Auto steht. Ich laufe ziellos über den Parkplatz in der Hoffnung eines Erinnerungs-fetzens, gebe mich irgendwann geschlagen und beginne eine systematische Suche, die zwar zum Ziel führt, aber andauert, denn ich habe in der letzten Reihe geparkt. Gerade jetzt fällt es mir wieder ein.

Nach dem Abitur wollte ich unbedingt studieren, ich wusste nur nicht, was. Meine Mutter schlug vor, Hauswirtschaft, das ist doch was fürs Leben und ich dachte nur, Hauptsache studieren und fuhr zur Universität, schrieb mich für Ökotrophologie ein und bekam einen Studentenausweis ausgehändigt und war mächtig stolz auf mich. Damals musste ich noch kein Auto auf dem Parkplatz suchen, denn meine Mutter war sparsam und besorgte mir eine Monatskarte, sodass ich weiterhin zu Hause wohnen konnte. Jeden Morgen fuhr ich ein Stück mit dem Fahrrad und dann mit dem Bus und anschließend mit der Bahn und am Ende wieder ein Stück mit dem Bus, bis ich zu dem kleinen Gebäude kam, in dem die Vorlesungen, Praktika und Seminare stattfanden. Den Morgen verbrachte ich in Hörsälen und Laboren und lernte etwas über Kompressoren in Kühlschränken, Bimetalle in Bügeleisen und essentiellen und nicht essentiellen Aminosäuren und abends fuhr ich wieder mit dem Bus und der Bahn und dem Bus und dem Fahrrad nach Hause und glaubte, dass jetzt etwas aus mir werden würde.

Nach einigen Semestern lernte ich den Unterhaltszahler kennen und lernte weniger über Waschmaschinen und Fettsäurestoffwechsel, aber einiges über die Liebe. Ich war sehr glücklich, weil ich nicht mehr mit dem Fahrrad, dem Bus und der Bahn fahren musste, denn ich quartierte mich bei dem Unterhaltszahler ein. Nach meinem Studium jobbte ich eine Weile in einem Kiosk, denn damals ging es mit den Arbeitsplätzen bergab, doch im Grunde lebte ich nur für die Liebe und dabei ging es mir ausgezeichnet.

Meine Mutter war froh, dass mich ein anständiger, junger Mann genommen hatte. Sie teilte junge Männer grundsätzlich in anständige und unanständige ein und bis zu jenem

Zeitpunkt war sie von der Anständigkeit des Unterhaltzahlers sehr überzeugt. Unser ehneliches Zusammenwohnen fand sie jedoch sehr unanständig und darauf wies sie mich bei meinen regelmäßigen Besuchen hin.

Was sollen nur die Nachbarn denken, fragte sie mich oder eher sich selbst. Das schien ihre größte Sorge zu sein und ich räumte ein, mir darüber überhaupt keine Gedanken zu machen. Ich hatte im Gegenzug auch kein Interesse daran, mir Gedanken über das Leben meiner ehemaligen Nachbarn zu machen. Das wiederum interessierte meine Mutter nicht, sie ignorierte mein Desinteresse und lieferte mir bei jedem Besuch einen ausführlichen Bericht über die Vorkommnisse in der Nachbarschaft ab. Mit fast statistischer Genauigkeit zählte sie Geburten, Hochzeiten, Scheidungen, Kranken- stände und Todesfälle auf. Ihren Nachbarn hatte sie natürlich erzählt, ich wäre verlobt mit einem angehenden, anständigen Manager. Sie lebte in ihrer kleinen Welt und was nicht passte, wurde passend gemacht. Damals wusste sie noch nicht, dass sie den Unterhaltszahler einige Jahre später der Kategorie „unanständig" zuordnen würde.

Der angehende Manager beendete sein Studium und gründete eine Firma und ich unterstützte ihn viele Jahre, indem ich Büroarbeit erledigte und das schien mir sinnvoller, als mich mit Eiweiß, Fett und Kohlenhydraten zu beschäftigen.

Eines Tages war mir so übel, dass ich mich ständig übergeben musste. So ging es viele Tage und der Unterhaltszahler meinte, er müsse noch viel über Bilanzen und das Leben lernen und könne nicht mit mir Hecheln üben gehen. Das war alles sehr traurig, aber nicht zu ändern. Wir trennten uns, bevor aus mir eine Mutter und aus meinen Eltern Großeltern wurden und ich zog zurück zu meinen Eltern.

Nach der Geburt von Greta widmete ich mich ganz meinem neuen Dasein als Mutter. Ich lebte von den dürftigen Zuwendungen meines Unterhaltzahlers, meiner Eltern und meines Wohngeldamtes. Ich zog mit Greta in eine Zweizimmerwohnung, war Hausfrau und Mutter und ging von nun an mit dem Kinderwagen spazieren und nicht mehr mit meinen Eltern. Die Gesamtheit meiner Liebesgefühle konzentrierte sich auf Greta und die Gesamtheit meiner Gedankenwelt auf Windeln, Schnuller und Möhrenbrei.

Dieser Zustand änderte sich erst, als ich mit Greta zum ersten Mal in eine Spielgruppe ging.

Ich sang Lieder, klatschte in die Hände, knetete mit Salzteig und bastelte Laternen, während Greta in aller Ruhe die Welt der Gleichaltrigen erkundete, ihre Kräfte erprobte, sich kaum von den Albernheiten der Erwachsenen beeindrucken ließ und ihren ganz eigenen Weg ging. Die anderen Mütter gerieten zum Spiegel meiner selbst und schlagartig wurde mir die Lächerlichkeit meines eingeschränkten Weltbildes vorgeführt und ich stellte mir zum ersten Mal die Frage, was denn aus mir werden soll.

Ich zog mich zurück und begann zu lesen. Ich las auf dem Spielplatz und im Bus, beim Kochen und abends im Bett, ich las, wenn Greta mich lesen ließ und ich las alles, was mir in Quere kam. Ich hatte das Bedürfnis, die große Welt in meine kleine Welt zu holen.

Als Greta in den Kindergarten kam, wollte ich mich ein wenig unabhängiger von den Zuwendungen meiner Eltern und meines Wohngeldamtes machen. Mein Vater besorgte mir einen Job in einem Büro, einen Job, der vollkommen unspektakulär und einfach war, nur so zum Geldverdienen. Das Tolle an meinem Vater war, dass er keine Fragen stellte, sondern einfach diesen Job besorgte.

Nebenbei suchte ich nach einer Stelle als

Ökotrophologin, aber da wollte schon niemand mehr etwas über gesunde Ernährung wissen, weil inzwischen jeder ein Fachmann oder eine Fachfrau für Ernährung war. Es war die Zeit, in der es mit den Ernährungsphilosophien und den selbsternannten Ernährungsgurus bergauf ging, obwohl es doch kaum eine Wissenschaft gibt, in der so wenig bewiesen ist wie in der Ernährungswissenschaft, das hatte ich gelernt, aber das war vielleicht die Chance für all diejenigen, die neue Theorien verbreiteten und denen man folgen konnte, und mit denen ging es immer weiter bergauf, auch mit deren Vermögen, die sie durch Vorträge und Bücher erhielten.

Ich dachte noch sehr lange an den Unterhaltszahler, und vielleicht war das der Grund dafür, dass ich es mir in meiner kleinen Welt mit Greta und den Büchern und dem Haschi, Gretas Kuscheltier, ganz gemütlich machte und keinen neuen Unterhaltszahler suchte und alle, die sich in unsere kleine Welt hineindrängen wollten, fanden keine Gnade vor meinen Augen. An dem ersten störte mich die Humorlosigkeit, am zweiten der Mundgeruch und der dritte mochte keine Kinder. Und Greta mochte sie alle drei nicht. Sie duldete nur die sogenannten guten Freunde, die, die zum Heiraten nicht geeignet sind, weil man sich nie in sie verliebt. Und im Grunde hatte sie recht. In meinem schmalen Bett war nur Platz für Greta, den Haschi und mich.

Meine Mutter fragte sich besorgt, ob mich denn noch jemals ein Mann nehmen würde.

Da ich nach dem Seminar nicht in die Cafeteria gehe, habe ich noch etwas Zeit zum Einkaufen und ich überlege mir auf der Fahrt zurück in das idyllische Kleinstädtchen, in dem ich nun schon seit 59 Jahren und 363 Tagen wohne, mit Ausnahme der Jahre, die ich beim Unterhaltzahler wohnte, was ich in welchem Laden besorgen muss und wie immer habe ich es versäumt, vor der Fahrt zur Uni eine Bestandsaufnahme des Kühlschrankes vorzunehmen. Ich wähle den Supermarkt mit dem komfortabelsten Parkplatz, denn die vielen Beulen an meinem Auto zeugen von meiner Unfähigkeit, einzuparken, und gerade heute bin ich nicht in der Stimmung, Beulen zu kassieren.

Gegenüber vom Supermarkt gibt es einen kleinen Bioladen, in dem ich Gemüse, Käse und Milch kaufe. 200 Gramm Gouda und ein kleines Stück Camembert, bitte. Wie oft habe ich schon an dieser Stelle gestanden, meistens das Gewicht auf das linke Bein verlegend, und habe diesen Satz ausgesprochen und ich denke, das Leben ist doch ein endlicher Vorgang fast unendlicher Wiederholungen. Und dazu der manchmal verzweifelte Versuch, diesen ewigen Wieder-holungen etwas Einzigartiges hinzuzufügen, nicht immer so etwas Großartiges wie die Geburt eines Kindes, manchmal nur Kleinig-keiten. Oft fällt es mir schwer, zwischen den unendlichen Wiederholungen die Einzig-artigkeiten eines Tages zu entdecken.

In zwei Tagen werde ich sechzig und ich habe bereits unzählige Male 200 Gramm Gouda und ein Stück Camembert, bitte, gesagt und während ich an der Käsetheke stehe, versuche ich mir den Lebensmittelberg vorzustellen, der durch meinen Körper hindurchgegangen ist, um mir die Energie für die vielen Wiederholungen zu liefern. Ich stelle mir die Menschen vor, die daran beteiligt waren, immer wieder die gleichen Handgriffe wiederholend, damit ich an der Käsetheke diesen Satz aussprechen kann.
Im Supermarkt gegenüber kaufe ich nicht nur Orangen und Waschmittel, sondern auch Schokolade, an der ich nicht vorbeikomme. Ich

komme auch nicht an Frau Schlesinger vorbei, eine ehemalige Chorkollegin meiner Mutter, die keine Schlesierin ist, wie meine Mutter, sondern eine waschechte Schwäbin, die sich nur schwer damit abfindet, hier im Norden leben zu müssen und die weiter schwäbelt, wie ihr der Schnabel gewachsen ist. Und was sie mir erzählt, verwirrt mich noch Minuten später in einer Intensität, die mich den falschen Gang einlegen lässt und während ich die Kupplung langsam kommen lasse, rollt mein Auto mit einem blechernen Rums gegen einen Pfosten und steht dann still, weil ich es abgewürgt habe und ich steige nicht aus und schaue mir nicht die neue Beule an, weil meine Gedanken ganz woanders sind, weder bei den Füßen, noch bei dem Pfosten.

Frau Schlesinger hat mir einen ausführlichen Bericht über ihre Nachbarschaft gegeben. Zuerst hat sie von einer Frau Müller erzählt, die gerade Witwe geworden ist und schon geben sich Männer die Türklinke in die Hand, wobei ich im Laufe ihres Redeschwalls erfahre, dass „gerade" bedeutet, dass Frau Müller bereits seit zwei Jahren im Witwenstand lebt und dass es sich bei den Männern um ihren Sohn, also den Sohn der Witwe, ihren Bruder und einen Professor handelt und das Wort Professor spricht Frau Schlesinger so ehrfurchtsvoll und stolz aus, als hätte sie eigenständig die Habilitation getippt. Und vom Professor kommt sie auf andere Akademiker, die in ihrer Nachbarschaft wohnen und in diesem Zusammenhang fällt der Name Heimann. Ich frage noch einmal nach, in welcher Straße sie wohnt, bevor ich mich höflich verabschiede.

Auf dem Rückweg zu meiner Wohnung nehme ich den Umweg über die Schillerstraße, eine Straße, die ich zwar kenne, aber durch die ich schon lange nicht mehr hindurchgefahren bin. Daher habe ich noch nie diese wunderschönen Fassaden der alten Bürgerhäuser wahrgenommen, der wenigen vom Krieg verschonten, die wie eine kleine Insel aus den Bausünden der siebziger Jahre herausragen und ich frage mich, wie wohl das Leben hinter diesen Fassaden aussieht, ist es auch eine Fülle von Wiederholungen? Ich biege in die Lessingstraße ein und fahre sie langsam bis zum Ende durch, wo sich das Haus von Frau Schlesinger befindet, ebenfalls ein altes Bürgerhaus, sehr hübsch mit Verzierungen, nicht so ein gesichtsloses Haus, wie ich es bewohne. Frau Schlesingers Haus und das ihrer Nachbarn sehen aus wie immer und niemand steht vor der Tür. Ich dachte es mir. Ich fahre nach Hause in meine kleine überschaubare Wohnung, überschaubar wegen der Größe, die in meinem speziellen Falle eher Kleine heißen müsste, nicht ganz so überschaubar im Innern, das durch ein geordnetes Chaos gekennzeichnet ist, das nur die Bewohner überblicken.

Aus Gretas Zimmer, das inzwischen eigentlich mein Schlafzimmer ist, aber das ich ihr immer zur Verfügung stelle, wenn sie in den Semesterferien oder zu besonderen Gelegenheiten, wie ein runder Geburtstag, zu Besuch kommt, vernehme ich Stimmen. Und weil Greta selbst nicht spricht und die Stimmen englisch sprechen, nehme ich an, dass Greta auf ihrem Tablet eine Serie schaut. Ich räume meine Einkäufe in den Kühlschrank und beginne den Tisch für das Abendessen zu decken, also den Käse und die Milch wieder aus dem Kühlschrank herauszuholen und den kleinen Sitzplatz in der Küche für das Abendessen vorzubereiten.

Greta sitzt mir gegenüber und sagt, sie hätte ein sehr originelles Geburtstagsgeschenk für mich. Ich warne sie. Wenn es Antifaltencreme oder ein

Gutschein für eine Kreuzfahrt ist, werde ich dich zur Adoption freigeben. Greta schweigt würdevoll und streicht ihr blondes Haar aus dem Gesicht. Einen Augenblick lang bin ich frohgestimmt, weil Greta vor mir sitzt und eine so wunderbare Tochter ist.

Vor vielen Jahren habe ich „da ist ja meine Greta" ausgerufen und dabei ist es geblieben, denn da gab es niemanden mehr, mit dem ich hätte aushandeln müssen, wer den Mädchennamen vergibt. Meine Mutter unternahm den zaghaften Versuch mich umzustimmen – das Kind sieht aus wie Susannchen – und mein Vater sagte, das Mädchen wird eine Sportskanone. Sie sieht zwar nicht aus wie Greta Garbo, aber sie ist hübsch genug, um in Würde diesen Namen zu tragen, der mir damals so gut gefallen hat. Ich hatte gar nicht darüber nachgedacht, ob es peinlich für ein Kind sein könnte, nicht hübsch zu sein aber doch Greta zu heißen, aber wer kennt heute noch Greta Garbo. Greta will auch gar nicht Schauspielerin werden, sondern Juristin mit Promotion, und daher wird sie immer noch von mir und dem Unterhaltzahler unterstützt. Meine Eltern würden sagen, sie liegt mir auf der Tasche, aber ich bin stolz auf sie und wünsche mir nur, dass sie glücklich und zufrieden ist, egal, was und wie lange sie dafür studieren wird.

Jetzt hat sie sich mit ein paar alten Schulfreunden vernetzt und sie planen über Ostern einen Snowboardurlaub. Ich bin froh, dass es nicht, wie früher sehr häufig, in Länder geht, die ich erst auf der Weltkarte suchen muss.

Es geht also in die Berge, weil Greta auch sportlich ist, obwohl sie keine Sportskanone ist, und ich bin froh, dass ich nicht mit muss in die Berge, denn dieses Bergauf und Bergab ist mir zu anstrengend, vor allem das Bergab, das ist immer am schlimmsten.

Oben gibt es eine Hütte mit Leberkäse und Bier und für euch ein leckeres Eis, sagte mein Vater, um uns Kindern den Aufstieg schmackhaft zu machen und meine Mutter meinte, wir sollten lieber eine Brotzeit auf den Berg mitnehmen, das wäre preiswerter. Eine Brotzeit sagte sie nur im Urlaub, in den Bergen, sonst sagte sie Picknick, und auch nicht Servus und Fürtigott, sondern guten Tag und auf Wiedersehen. Wir hatten nie genug Zeit, auf alle Berge zu klettern, die mein Vater gerne erklommen hätte. Meine Mutter sagte immer, welch ein Überfluss. Ich weiß nicht, ob sie damit das reichhaltige Essen oder die vielen Berge meinte. Und während wir die Berge hinaufkletterten, sangen meine Eltern Wanderlieder.

Greta möchte also über Ostern snowboarden. Ich denke an die Lessingstraße und an schöne, blaue Augen und dass man doch mal ein Glas Wein zusammen trinken könnte, wie im letzten Semester, aber vorher muss ich etwas über das Biografische Schreiben lernen. Verstimmt erinnere ich mich an die Karte mit meinem Thema, die sich noch in meinem Rucksack befindet und an die unbeschriebenen Blätter meines Collegeblocks.

Ich fühle ein leichtes Kribbeln im Bauch und die Erinnerung an mein erstes Verliebtsein steigt in mir hoch. Ich war 11 Jahre alt, als ich zum ersten Mal verliebt war. Er hieß Karl-Heinz und alle nannten ihn Kalle. Das war damals so. Ich glaube, es ist normal, mit 11 Jahren verliebt zu sein. Ich weiß nicht, ob Greta mit 11 Jahren verliebt war. Damals war sie sehr verschlossen. Es war eben nicht immer so unkompliziert mit ihr, wie es jetzt ist, auch das ist wohl normal. Mein Verliebtsein bestand fast ausschließlich aus einem Warten und Schauen. Kalle war so alt wie ich, aber wir besuchten unterschiedliche Schulen. Er hätte gar nicht auf meiner Schule sein können, denn ich war Schülerin eines Mädchengymnasiums. Er wohnte in einem anderen Stadtteil und es gab nur einen Ort in unserer Stadt, an dem sich unsere Schulwege kreuzten, nämlich der Kiosk an der Ecke Marienstraße-Margarethenstraße. Auch dort wäre es vermutlich nie zu einer Begegnung gekommen, wenn ich nicht immer wieder den Ärger meiner Mutter über mein Zuspätkommen in Kauf genommen hätte und beharrlich am Kiosk gestanden hätte, scheinbar ganz und gar zufällig, mein mageres Taschengeld in Lakritz-schnecken investierend, und gewartet hätte. Warten und schauen. Ob er kommt und ob er mich sieht, wie ich lässig an mein Fahrrad gelehnt am Kiosk stehe, scheinbar vertieft in die Tüte mit Lakritzschnecken und nur ganz zufällig aufschaue. Schauen, ob er auch zu mir hinschaut, ob er gewillt ist, mich zu grüßen, ob es ein lustiges Zwinkern oder ein mürrisches Kopf-nicken wird und genau in diesem Moment jenes kribbelige Gefühl in der Bauchgegend spüren, für das ich zehn Minuten später Litaneien von Vorhaltungen entgegennehmen würde.

Warum kommst du denn schon wieder zu spät? Das Essen ist schon ganz kalt. Wofür mache ich mir die Mühe mit dem Kochen, wenn ihr ständig zu spät kommt und dann in wenigen Minuten das Essen hineinschlingt? Können wir nicht wie eine ganz normale Familie mittags zusammen essen? Diese ganz normale Familie war für meine Mutter immer ganz wichtig. Aber ich war 11 Jahre alt, verliebt, und interessierte mich überhaupt nicht für meine ganz normale Familie, sondern dachte an das Kribbeln in meinem Bauch.

Irgendwann schien es mir nicht mehr sinnvoll, mein Taschengeld in Lakritzschnecken zu investieren und ich suchte mir ein anderes Objekt, auf das ich mein Warten und Schauen richten konnte. Meine Haare wuchsen und meine Brüste wuchsen, ich begann die Welt mit neuen Augen zu sehen, ohne meine Eltern daran teilhaben zu lassen. Während sie ein neues Eigenheim planten, plante ich ausschließlich meine Verliebtheit. Es ist anzunehmen, dass ich in diesen frühen Jahren meiner Pubertät regelmäßig die Schule besucht habe, aber meine Erinnerungen an diese Jahre bestehen hauptsächlich aus einer Galerie von Jungengesichtern, auf die ich mein Warten und Schauen richtete.

Später dann fiel es mir wesentlich schwerer, mich zu verlieben. Ich konnte gar nicht mehr verstehen, mit welcher Leichtigkeit ich in meiner Schulzeit von einer Verliebtheit in die nächste gestolpert bin.

Greta ist längst unterwegs, um mit ihren Freunden einen Snowboardurlaub zu planen. Vielleicht plant sie auch ein wenig ihre Verliebtheit.

Ich sitze an meinem Schreibtisch, der auch unser Esstisch ist, in meinem Schlaf-Wohn-Arbeits-Vergnügungszimmer und habe die Themenkarte vor mir liegen und denke, übermorgen werde ich sechzig und denke nicht, heute höre ich auf zu rauchen. Es gibt zwei Sorten von Tagen, die einen, an denen ich die endgültig letzte Zigarette rauchen möchte, wegen der Geschwüre und der anderen Krankheiten, und die anderen, an denen ich nicht aufhören möchte, wegen des langen Lebens und der langen Einsamkeit. Wenn man sechzig wird, nehmen die Ersteren zu, aber gerade heute, zwei Tage vor meinem Geburtstag, ist nicht so ein Tag.

Ich rauche nicht in meinem Wohn-Schlaf-Arbeits-Vergnügungszimmer, sondern auf dem Balkon, auch das findet Greta nicht gut, aber sie ist ja in Planung.

DER 50. GEBURTSTAG, das ist mein Joker. Wie langweilig. Ich kann immer noch nicht an einen Zufall glauben, der normalerweise nicht mit hübschen blauen Augen zwinkert. DER O. GBURTSTAG wäre ein Joker gewesen, da hätte ich etwas von meinem sturzbetrunkenen Vater erzählen können oder Geschichten zu Orten erfinden, die man als Geburtsort gerne in seinem Pass stehen hätte. Auch DER 10. GEBURTSTAG wäre ein annehmbares Thema gewesen. Ich hätte etwas von Kindern schreiben können, die nach Paketen suchen. Ich beneidete die Kommilitonin mit dem 100. GEBURTSTAG, denn dazu wäre mir auf Anhieb etwas eingefallen. Mein eigener fünfzigster Geburtstag ist schon so lange her und war auch nicht so toll, dass ich etwas darüber schreiben möchte. Innerhalb einer Woche muss ich eine Geschichte schreiben, zum Üben, weil ich doch Lehrerin für Biografisches Schreiben werden möchte und an einem Schreibseminar teilnehme.

Ich habe niemanden zu meinem Geburtstag eingeladen, aber ich denke, es werden dennoch einige Freunde vorbeischauen, denn sie wissen, dass ich nicht mit entzündetem Blinddarm im Krankenhaus liege, sondern in meinem Schlaf-Wohn-Arbeits-Vergnügungszimmer sein werde, das an diesem Abend dem Vergnügen dienen wird. Ich werde ganz überrascht sein und den Pizza-Service anrufen, denn ich habe keine Lust, stundenlang in der Küche zu stehen und Frikadellen zu braten.

Meine Mutter hätte nie das Essen kommen lassen, denn sie war sparsam und machte alles selbst. Wenn es doch schon vorbei wäre, sagte sie stets und stand in der Küche und kochte, schälte, schnitt und briet. Dieses „Stundenlangeinderküchestehen" macht mich noch krank, sagte sie und mein Vater fuhr in den Supermarkt und holte Bier, Limonade und Likör. Du hast dir aber Arbeit gemacht, sagten dann meine Tanten und das musste doch nicht sein, aber es musste doch sein, denn ohne selbstgemachte Frikadellen und Kartoffelsalat, Marmorkuchen und Buttercremetorte wäre es keine richtige Geburtstagsfeier gewesen, alles andere wäre geradezu unvorstellbar gewesen. Von allem wurde reichlich aufgetischt, denn keiner sollte denken, bei uns würde gespart, aber am Abend, wenn die Hälfte des Essens auf Tortenplatten und in Schüsseln einen unappetitlichen Eindruck zu erwecken begann, wenn mein Vater bereits bierselig mit Onkel Albert und Onkel Willi Skat spielte und meine Tanten sich der Weinbrandbohnen auf der Etagere bedienten, dabei Likör tranken und tratschten, dann sagte meine Mutter etwas wehmütig, das schöne Essen, ich packe euch etwas in die Tupperdose und nehmt bloß die Buttercremetorte mit, die wird hier nur schlecht. Sie war so sparsam und konnte nichts wegwerfen und wir mussten tagelang die Reste essen.

Ich brauche eine Protagonistin für meine Geschichte. Ich starre auf die leeren Seiten meines Collegeblocks und bin versucht, Susannchen zu schreiben, aber dann verwerfe ich diesen Gedanken wieder. Auch heute, zwei Tage vor meinem sechzigsten Geburtstag, wird kein Susannchen geboren. Ich durchsuche meinen Kopf nach einem Namen, mit dem ich kein Gesicht verbinde, denn die Frau, die nicht Susannchen heißt und ihren fünfzigsten Geburtstag feiert, wird heute erst geboren, in meinem Kopf. Sie wird eine Kopfgeburt bleiben, auch wenn sie so viel Ähnlichkeit hat mit all den

Martinas und Anitas und Claudias, denen ich je begegnet bin. LEA was born! Ich kenne niemanden mit diesem Namen, denn er ist ganz untypisch für diese Generation. Lea feiert heute ihren fünfzigsten Geburtstag. Ich denke über Lea nach und schreibe in großen Buchstaben LEA auf meinen Collegeblock und schreibe sonst gar nichts in die leeren Linien. Ich gehe auf den Balkon und rauche eine Zigarette, weil heute kein Tag ist, an dem ich mit dem Rauchen aufhöre.

Ich frage mich, ob Lea verheiratet ist. Die meisten Frauen im Alter von fünfzig Jahren sind verheiratet, das ist statistisch erwiesen, einige zum zweiten Mal. Lea ist also verheiratet. Sie hat vielleicht zwei Kinder und sie ist ein wenig spießig. Sie hat vielleicht eine Teilzeitstelle, weil man mit zwei Kindern Zeit hat, ein wenig nebenher zu arbeiten. Zum Beispiel als Verwaltungsfachangestellte. Für meinen Vater. Er hätte sich gefreut, wenn ich so eine Frau wie Lea gewesen wäre.

Natürlich haben sich meine Eltern rührend um Greta gekümmert, manchmal mehr als mir lieb war, aber dennoch war mein Leben mit Kind ganz anders als sie es sich vorgestellt hatten und das gaben sie mir häufig zu verstehen. Ich sagte ihnen nicht, dass auch ich mir einiges anders vorgestellt hatte.

Aber im Leben kommt eben so einiges dazwischen und auch bei Lea, von der man glauben wird zu wissen, wie ihr Leben weitergehen wird, kommt alles anders als man denkt. Natürlich könnte ich mir direkt eine andere Lea ausdenken, eine Lea ohne Kinder, mit einem interessanten Beruf, der ihr keine Zeit für Windeln und Möhrenbrei ließ. Sie könnte in einer Großstadt leben, zum Beispiel in München und wäre Geologin an einem wissenschaftlichen Institut. Gerade an ihrem fünfzigsten Geburtstag wäre sie in Südafrika, um wichtige Bohrungen nach wichtigen Bodenschätzen zu überprüfen. Weil alles so wichtig wäre, wäre auch Lea wichtig. Man würde ein Fest für Lea veranstalten, auf dem es südafrikanische Delikatessen zu speisen gibt, wobei ich gar nicht weiß, was südafrikanische Delikatessen sind, vielleicht Schlangeneiersoufflé oder Antilopensuppe. Ich könnte meine Phantasie weiter ausschweifen lassen wie Greta es damals gerne in ihren Ich-wäre-jetzt-die-und-du-wärst-die-Spielen tat, die sie stundenlang mit ihren

Freundinnen spielte. Es gäbe so viele Möglichkeiten, sich Lea vorzustellen und deshalb wähle ich die scheinbar durchschnittlichste, die, die meinen Eltern so viel Freude bereitet hätte. Ich bin ganz sparsam und zwar mit meiner Phantasie, für meine Lea muss ich mir keine Schlangeneier-soufflés ausdenken. Ich brauche mich nur ein wenig umzuschauen und an die Vorstellungen meiner Eltern zu denken und schon sehe ich Lea vor mir.

Lea hat sich vielleicht irgendwann einen Traum verwirklicht, hat ihren Job als Verwaltungsangestellte hingeschmissen und eine kleine Boutique eröffnet, in der sie Schuhe oder Lieblingsstücke oder Deko verkauft, oder sie hat eine Heilpraktikerausbildung gemacht und eine Praxis eröffnet oder sie hat ein Café eröffnet und backt jetzt jeden Abend Kuchen, der zwar gut ankommt bei den Kunden, der aber nicht so viel einbringt, dass sie davon leben könnte, und so muss der Gatte ein wenig tiefer in die Tasche greifen, um sie bei ihrer Selbstverwirklichung zu unterstützen, denn der Laden bringt mehr Anerkennung als Einkommen.

Mein Vater hätte vielleicht auch lieber mehr Anerkennung erhalten, er hätte vielleicht auch lieber studiert und ein eigenes Ingenieurbüro eröffnet, damit er sich nicht ständig hätte ducken müssen, so nannte er sein unterwürfiges Verhalten seinem Chef gegenüber, der mit Anerkennung sehr sparsam umging. Aber all das war nicht möglich, weil es Krieg und Hunger gab, aber keine Studienplätze, und weil es Knaus-Ogino gab, deren Folge mein Bruder und ich waren, und weil es eine Frau gab, die Hausfrau war und nichts verdiente, weil es sich nicht gehörte, weil ein Mann in der Lage sein musste, alleine seine Familie zu ernähren.

Nein, Lea ist Verwaltungsfachangestellte, verheiratet und hat zwei Kinder. Und ich habe eine Greta, die mit ihren Freunden einen Snowboardurlaub plant.

Als Greta klein war, fuhr ich ein kleines weißes Auto voller Roststellen und voller Aufkleber, die notdürftig diese Roststellen verdeckten. Wahrscheinlich hatte man damals nur aus diesem Grund viele Aufkleber auf dem Auto und nicht, um anderen Verkehrsteilnehmern die eigene Meinung kund zu tun. Auf einem Aufkleber stand ‚Baby an Bord' und dieses Bild vom Baby an Bord gefiel mir sehr. Wenn ich an unsere gemeinsame Lebensreise denke, an die vielen Stürme und die schönen, sonnigen Tage an Deck, dann werde ich fast melancholisch. Jetzt ist Greta schon lange von Bord gegangen oder aus dem Nest geflogen, kommt mich nur noch ab und zu besuchen, zum Beispiel an meinem sechzigsten Geburtstag, und ich weiß, dass sie Sechzigjährige ganz schön alt findet, aber mich findet sie jung, wenn ich sage, dass ich schon sehr alt bin. Ich fand meine Eltern eigentlich immer ziemlich alt, aber viel zu jung zum Sterben, selbst zu dem Zeitpunkt, als sie wirklich starben, da waren sie noch keine achtzig, nicht einmal siebzig, aber über sechzig.

Mit sechzig nehmen sie zu, die Verluste aller Arten, so manche Bordladung ging schon vorher verloren, so mancher Schlag vor den Bug wurde erhalten, das Lebensschiff geriet ins Schwanken und man wünscht sich etwas Ruhe nach stürmischen Zeiten.

Angeblich nimmt das Glücksempfinden ab sechzig zu.

Lea ist also verheiratet. Sie wohnt in einem hübschen Haus am Stadtrand in einer ehemaligen Neubausiedlung mit einem niedlichen Tonschild neben der Tür. So viele

Frauen sind fünfzig und wohnen in einer Neubausiedlung am Stadtrand. Es ist völlig gleichgültig, wo diese Geschichte spielt, denn diese ehemaligen Neubausiedlungen am Stadtrand sehen alle ähnlich aus.

Meine Eltern haben sich ihren Traum verwirklicht. Ein kleines Reihenhaus am Stadtrand mit einem Minigarten, in dem man nicht einmal Kirschkernweitspucken spielen konnte. Meine Mutter hat gespart und mein Vater hat gemauert. Es gab jeden zweiten Tag Eintopf. Das eingesparte Geld wurde in hellblaue und rosa Kacheln, gelbe Teppichfliesen, braun lasierte Holzpaneele und Textiltapeten umgesetzt. Mein Bruder musste meinem Vater zur Hand gehen. Mich ließ man in Ruhe, denn ich war ja ein Mädchen. Ich war ohnehin mit meinem Verliebtsein beschäftigt. Als wir einzogen, glich das Haus eher einer Baustelle als einem gemütlichen Zuhause. Meinem Vater war es recht. Er stellte für eine gewisse Zeit seine Lieblingsbeschäftigung, das Spazierengehen, ein und widmete sich der Heimwerkerei. Meine Mutter sparte und putzte und pflanzte Blumen in ihrem Minigarten und Tannen, die sie so romantisch fand, die aber wenige Jahre später vollkommen unser Häuschen beschatteten.

Vielleicht hat Lea in Münster geheiratet. Zweimal habe ich einer Hochzeit im Standesamt von Münster beigewohnt mit demselben Standesbeamten und derselben langweiligen Rede, die er sich meiner Meinung nach hätte ganz sparen können, aber dafür werden Standesbeamte ja bezahlt, fürs Redenhalten. Vielleicht hielt er immer dieselbe Rede, weil er schlecht bezahlt wurde, ich weiß es nicht. Meine Mutter könnte das verstehen, sie war ja so sparsam. Ich hätte auch Standesbeamtin werden können, wenn ich die Ausbildung bei der Stadt gemacht hätte. Im Standesamt von Münster konnte man früher Paternoster fahren, wenn man heiratete, also davor und danach.

Ich habe Angst vorm Paternosterfahren. Zuerst habe ich Angst davor, hineinzutreten und dann habe ich Angst davor, rechtzeitig heraus-zuspringen. Angeblich kann man ja einmal rund herumfahren. Ich glaube nicht daran. Oben könnte ich mir noch eine elegante Wende mit Purzelbaum vorstellen, aber unten fällt man sicher in den Schacht. Ich möchte nicht wissen, wie viele Gerippe sich schon in dem Schacht unter dem Standesamt von Münster befinden. Ich denke, Paternosterfahren ist wie das Leben. Erst geht es immer bergauf und oben ist dann die Wende, die man mit einem eleganten Purzelbaum meistern sollte, so etwa um die fünfzig oder sechzig, dann geht es nur noch bergab und am Ende fällt man in den Schacht.

Als mein Vater so krank war, sagte meine Mutter zum Schluss auch, es geht bergab mit ihm. Am Ende lag er zwar nicht im Schacht, sondern in einem Eichensarg, aber der Sarg wurde in ein tiefes Loch heruntergelassen, etwa so tief, wie ich mir den Schacht in Münster vorstelle, der sich unter dem Standesamt befindet.

Manche Leute fahren gerne Paternoster. Lea wollte unbedingt in Münster heiraten. Erst ein Ja hauchen und dann Paternoster fahren. Und anschließend ging es in ein gediegenes Landlokal und weder Lea noch Leas Mutter mussten stundenlang in der Küche stehen und Frika-dellen braten. Lea trug vielleicht das lachsfarbene Kostüm und hohe Pumps. Sie sprang aus dem Paternoster und verstauchte sich den Knöchel. Deshalb musste der Bräutigam mit Leas Mutter tanzen, in dem gediegenen Landlokal, in dem sie auch jetzt ihren fünfzigsten Geburtstag feiern wird.

Übermorgen werde ich sechzig. In meinem IKEA-Regal stehen noch ein paar CDs und ein paar Langspielplatten. Der Schallplattenbestand stammt aus den Siebzigern. Hottentottenmusik haben meine Eltern dazu gesagt. Greta besitzt überhaupt keine Schallplatten. Meine Mutter besaß keine CDs. Wenn Greta Musik hören möchte, schaltet sie das Radio an oder sie sucht sich im Internet den Song, den sie gerade hören möchte. Einmal hat Greta mit meinen alten Schallplatten eine Party veranstaltet. Ich habe an diesem Abend bei einer Freundin übernachtet. Das war echt krass, sagte sie später. Ich wusste nicht, was sie damit meinte.

Als meine Mutter starb, hinterließ sie uns einige Schallplatten, nicht viele, sie war ja sparsam. Keiner von uns wollte sie haben, nicht einmal aus Sentimentalität. Nach dem Tod meines Vaters saß sie häufig im Wohnzimmer und hörte Schallplatten. Deutsche Schlager. Liebeslieder von Peter Alexander und dazu hat sie geweint. Mit Tränen hat sie nicht gespart, nach dem Tod meines Vaters.

Lea stellt sich eine Achtziger-Jahre-Revival-Party vor. Einer ihrer Kinder oder Freunde wird den DJ machen. Sie hat eine Liste auf dem Computer geschrieben, mit allen Liedern, die an ihrem Fest abspielt werden sollen oder sie hat die alten CDs in der richtigen Reihenfolge in eine Kiste gestellt. Lea ist sehr genau und ordentlich, das hat sie auf dem Amt gelernt, als Verwaltungsfachangestellte oder in ihrer Boutique, in der sie Schuhe oder Lieblingssachen ordentlich auf den Regalen anordnet.

Ich stehe vom Tisch auf. Mein Rücken schmerzt. Es ist eine Muskelverspannung vom Sitzen und Denken. Auf dem Collegeblock, der vor mir liegt, steht nur ein einziges Wort. LEA. Ich nehme mein Glas Wein, an dem ich bisher nur kurz genippt habe und gehe ein wenig durch den Raum. Die Muskulatur entspannt sich etwas und der Schmerz lässt nach. Es ist ja nur eine Muskelverspannung.

Es ist kein Bandscheibenvorfall, denn viele Leute haben mit sechzig einen Band-scheibenvorfall, manchmal wissen sie es aber gar nicht. Mit sechzig geht es bergab. Das heißt, mit sechzig nehmen sie zu, die Zipperlein, die kleinen und die großen Gebrechen, die

Schmerzen und die Vergesslichkeit und die Gespräche über Krankheiten und über die Mittelchen, die uns davor bewahren sollen, die Nahrungsergänzungsmittel, mit denen geht es bergauf, nicht bei jedem, nur bei denjenigen, die daran glauben. Mit sechzig nehmen die Todesfälle zu, von denen man hört, von denen man betroffen ist, bevor es einen selbst erwischt.

Es geht bergab mit ihm, sagte meine Mutter und mein Vater war bereits voller Krebsgeschwüre und wollte nicht mehr essen. Wir saßen am Mittagstisch und meine Mutter nagte am Knochen des Koteletts, klack-klack, und mein Vater lag im Krankenhaus voller Geschwüre und meine Mutter führte ein sparsames Leben, obwohl sie doch jetzt gar nicht mehr sparen musste.

Es ist elf Uhr abends. Greta kommt nach Hause. Sie streicht ihr blondes Haar hinter die Ohren. Wenn man jung ist, hat man weiches Haar, das man immer hinter die Ohren streichen muss. Greta verbringt Stunden im Bad mit ihrem Haar. Meine Haare werden immer dünner und schlaffer. Es macht keinen Sinn, Stunden im Bad mit meinen Haaren zu verbringen.

Ich trage einen Bob, der sich leicht föhnen lässt und ich könnte mir bald mal einen kurzen Stufenschnitt schneiden lassen, dann würde ich noch weniger Zeit im Bad verbringen. Wenn man sechzig ist, wird der Friseurbesuch immer länger und das Ergebnis immer weniger lang haltbar. Vielleicht verbringt man gerne viel restliche Lebenszeit beim Friseur, weil man dann sehr gut über die europäischen Königshäuser informiert ist.

Greta hat Hunger auf Schokolade. Schokolade schmeckt gut, wenn man alles geplant hat, sagt sie. Ostern geht es in die Berge und ich bin froh, dass ich nicht mitfahren muss. Fährt Alex gerne in die Berge? Manchmal gehen mir Gedanken durch den Kopf, die können doch kein Zufall sein, so wie die Themenkarte, das kann unmöglich ein Zufall sein. Die Schokolade liegt im Kühlschrank.

Oben auf dem Berg hat meine Mutter immer Schokolade aus dem Rucksack gepackt, als Belohnung für den Aufstieg, als Teil der Brotzeit. Wenn man sechzig ist, sollte man keine Schokolade mehr im Haus haben. Bereits beim Anblick der Schokolade nimmt man zu. Ab sechzig nimmt man, glaube ich, immerzu zu, obwohl es doch bergab geht. Fällt man schneller in den Schacht, wenn man schwerer ist? Ich kann mich nicht mehr erinnern, wie es mit Herrn Newton und dem Apfel zuging. Greta hat großen Hunger auf Schokolade. Ich sage, iss sie ruhig auf. Manchmal müssen wir sparen, aber für Schokolade reicht es in der Regel.

Wir sollten jetzt schlafen gehen, sage ich, aber ich kann jetzt gar nicht schlafen. Wenn ich aufwachen werde, beginnt der letzte Tag meines Lebens unter sechzig. Die obere Wende im Paternoster soll ja ganz unspektakulär sein. Ich würde vorher herausspringen, obwohl ich keine Sportskanone bin.

Lea ist sehr sportlich. Am Morgen ihres Geburtstages geht sie ins Fitnessstudio oder walken oder joggen. Vielleicht hat sie einen Hund, den sie mitnimmt.

Auch ich war mal sportlich, aber keine Sportkanone und mit der Sportlichkeit ging es auch mächtig bergab. Wenn man sechzig wird und es mit den Kräften und der Beweglichkeit bergab geht, muss man sich keine Gedanken darüber machen, dass man keinen Wohn- zimmerschrank besitzt, auf den man die Pokale stellen könnte. Man sollte sich eher Gedanken über Reha-Sport machen.

Ich könnte ein Buch über das Spazierenfahren schreiben, ich glaube, das gibt es noch nicht, denn meine Eltern, die doch so viel Erfahrung mit dem Spazierenfahren hatten, haben es nicht geschrieben. Sie haben sich ins Auto gesetzt und sind ins Blaue gefahren und mein Vater hat das Geräusch des Motors genossen, weil jede Technik ihn faszinierte und meine Mutter die schöne Landschaft, so sagte sie es jedenfalls immer, Schaut doch mal, was für eine schöne Landschaft und manchmal sagte sie auch, wie romantisch es sei. Dabei sangen sie häufig Lieder mit uns, Lieder aus der Mundorgel, zum Beispiel von Bolle, der sich zwar amüsierte, aber der sich auch prügelte und mit dem es in der letzten Strophe sehr bergab ging, denn er nahm sich das Leben, indem er sich auf die Schienen legte, was man doch nie machen sollte, wegen der armen Lokführer. Nachdem wir eine Weile spazieren gefahren sind, sind wir irgendwo ausgestiegen und spazieren gegangen, und wieder sangen meine Eltern Lieder aus der Mundorgel.
Auf dem Rückweg hat mein Vater Benzin getankt und meine Mutter die Bilder, die an ihr

vorbeirauschten und abends haben sie in der Küche gesessen und Butterbrote gegessen. Nie wären sie unterwegs in ein Café gegangen, im Sommer gab es ab und zu ein Eis für uns Kinder. Mein Vater liebte Blutwurst und meine Mutter Fleischwurst.

Meine Mutter ging jeden Freitag in die Metzgerei und bestellte ein Viertel Blutwurst und ein Viertel Fleischwurst, so wie ich 200 Gramm Gouda und ein kleines Stück Camembert bestelle und dabei tauschte sie mit der Metzgereiinhaberin die neuesten Kranken-geschichten aus, die sich schon mal änderten im Gegensatz zu ihrer Bestellung. Zum Milchholen schickte sie meinen Bruder in den Supermarkt, denn im Supermarkt konnte sie sich nicht über Krankheiten unterhalten. Der Supermarkt war zum Sparen da, nicht zum Unterhalten.

Lea trifft sich am frühen Morgen in ihrem feschen Sportdress mit ihrer Walking-Gruppe oder ihrer Jogging-Gruppe. Sie dreht ihre Runde und genießt die Natur. Vielleicht liebt sie Vögel und hört nun dem Gesang des Zilpzalps oder des Sommergoldhähnchens zu, man muss nur früh genug aufstehen. Sie verausgabt sich nicht, denn am Abend will sie zu den Liedern der Achtziger tanzen. Vielleicht hat sie am Vormittag noch einen Termin bei der Kosmetikerin, um sich ein wenig Hyaluronsäure in die Haut spritzen zu lassen oder beim Hautarzt für eine neue Portion Botox oder sie hat einen Friseurtermin. Vorher gibt es Blumen, denn der Ehemann hat doch tatsächlich fünfzig Rosen oder Narzissen besorgt. Lea freut sich über die Blumen. Sie arrangiert sie in einer Vase. Dann setzt sie sich an den gedeckten Frühstückstisch. Nein, natürlich duscht sie vorher, sie ist ja verschwitzt vom Walken oder Joggen.

Mein Vater hat meiner Mutter an jedem Hochzeitstag Blumen mitgebracht, aber fünfzig waren es nie, er war wohl auch ein wenig sparsam.

Im Krankenhaus kann man die Blumen einfach stehen lassen, wenn man entlassen wird. Zuhause muss ich sie erst verwelken lassen. Dann schütte ich das bräunliche Wasser, in dem unsichtbar unzählige Pantoffeltierchen mehrmals täglich kopulieren oder sich einfach nur teilen, ich weiß es nicht mehr so genau, in den Abguss und werfe die verwelkten Blumen in die Biotonne vor dem Haus. Unterwegs fallen verwelkte Blätter ins Treppenhaus, das ich wieder putzen muss, denn meine Nachbarin, Frau Sosznik, hat schon zweimal geklingelt und gefragt, ob ich vergessen hätte, dass ich dran wäre.

Greta kommt gerade aus dem Bad. Sie sieht sehr gut aus, auch ungeschminkt. Ich verstehe nichts vom Schminken und ich vereinbare auch keine Termine mit einer Kosmetikerin, denn mit sechzig ist es schon lange mit der Schönheit bergab gegangen, da helfen auch die teuren Produkte nichts mehr. Es sei denn, man gehört zu den wenigen Frauen, die eine sehr große Portion Schönheitsgene mitbekommen haben, und die gesund leben und sich vielleicht zusätzlich noch gut mit dem Schminken auskennen, bei denen geht es auch bergab mit der Schönheit, aber viel langsamer. Und wenn sie dann auch noch etwas machen lassen, dann geht es vielleicht noch langsamer bergab mit der Schönheit.

Mit sechzig nehmen sie ab, die Blicke und die freundlichen Worte über das Aussehen, sie konvergieren gegen Null, weil Männer vielleicht auch gerne mit Komplimenten sparen. Auch die Sportlichkeit nimmt ab, selbst bei denen, die mal eine Sportskanone waren.

Leas Mann könnte joggen oder Marathon laufen oder Fahrrad fahren. Oder er hat sich, wie mein Freund Oliver, gerade ein neues Motorrad gekauft und macht am Wochenende mit seinen Kumpels Motorradausflüge. Vielleicht ist er auch dick und unsportlich und raucht Zigarren, ist aber immer gutmütig, das ginge auch, vor allem zu den Kindern ist er gutmütig. Schreibe ich etwas zu Leas Kindern? Vielleicht hat Lea auch eine Greta. Eine Greta und einen Max. Wie war das noch, als Greta bei mir gewohnt hat?

Als Greta noch bei mir gewohnt hat, musste ich ihr manchmal sagen, wann sie nach Hause kommen soll. Dann war ich eine strenge Mutter. Manchmal habe ich ihr die trigonometrischen Funktionen erklärt, dafür erklärte sie mir, wie mein Laptop funktioniert. Viel lustiger war es, zusammen „Big Bang Theorie" zu schauen. Ohne Greta hätte ich mir niemals diese Serie angeschaut. Ohne Greta hätte ich niemals diesen Radiosender für Jugendliche gehört. Ohne Greta hätte ich häufig verschlafen, denn wenn sie aus dem Bad kam, in dem sie Stunden verbracht hat, weckte sie mich und wir frühstückten zusammen. Einmal wollte Greta sich von mir die kovalenten Bindungen erklären lassen. Da musste ich passen. Mit Bindungen kenne ich mich nicht aus.

Greta studiert jetzt und ihre Mutter studiert auch ein wenig. Das ist ungewöhnlich, aber Greta findet es in Ordnung. Ansonsten haben wir nicht viele Gemeinsamkeiten. Ich muss nicht mit Greta in den Schnee fahren und sie muss nicht mit mir spazieren gehen.

Greta musste auch niemals kratzige Strumpfhosen und Rüschenkleidchen anziehen. Das Rüschenkleid, das meine Mutter ihr geschenkt hat, habe ich heimlich zum Roten Kreuz gegeben. Manchmal zieht Greta ein silbernes Oberteil an und ich frage sie, ob es nicht kratzt. Da lacht sie nur und sagt, ich solle mal etwas Flottes anziehen, schon wegen Alex, und weil sie denkt, ich sollte mich mal wieder mit Bindungen beschäftigen.

Weil es eine Greta gibt, gibt es jetzt ein leeres Nest. Das ist gewöhnlich, aber nicht immer einfach für mich.

Lea hat sich für diesen Abend ein ganz besonderes Kleid gekauft. Sie musste sich ein neues Kleid kaufen, denn das Kleid von der letzten Party war ihr zu eng geworden, da half auch kein Walken und Joggen und auch kein grüner Smoothie. Ich liebe jedes Pfund an dir, sagt ihr Mann und das klingt so gar nicht sparsam.

Ich glaube, ich werde an meinem Geburtstag eine Jeans tragen, denn ich trage meistens Jeans. Es ist nicht sehr ungewöhnlich, eine Jeans zu tragen. Als ich sechzehn Jahre alt war, war ich fest davon überzeugt, dass ich nach dem dreißigsten Geburtstag nur noch dunkelblaue Faltenröcke tragen werde, weil Frauen so etwas damals trugen. Ich liebte Jeans und verabscheute dunkelblaue Faltenröcke. Ich glaube, es gab schon vor zwanzig Jahren keine dunkelblauen Faltenröcke mehr. Das zeigt, wie unsinnig es manchmal ist, sich Gedanken über die Zukunft zu machen.

Lea freut sich auf ihre Geburtstagsparty. Das Essen ist bestellt, die Familie, die Freunde, die Nachbarn und alte Bekannte sind eingeladen. Sie feiern außer Haus, wieder in dem gediegenen Landgasthof. Lea steht nicht stundenlang in der Küche und brät Frikadellen, und keiner wird sagen, das war doch nicht nötig. Es war ein wunderbares Fest, wird man sagen. Man sagt es immer, denn man ist höflich und weiß, was man zu sagen hat.

So wie die Tanten früher zu meiner Mutter immer sagten, das war doch nicht nötig. Du hast dir so viel Arbeit gemacht, das war doch nicht nötig. Die viele Arbeit war aber nötig, sonst gäbe es am Schluss ja keine Tupperdosen mit Buttercremetorte und Kartoffelsalat.

Für den Pizzaservice wird es ein normaler Arbeitstag werden.

Am nächsten Morgen bin ich voller schlechter Laune. Ich möchte nichts essen und schon gar nicht rauchen. Es könnte so ein Tag werden von der Sorte, heute höre ich auf zu rauchen. Ich starre in meinen Kaffee und auf die Zeitung, ohne auch nur ein einziges Wort zu lesen. Greta hat mich mit einem fröhlichen „Guten Morgen du junge noch Neunundfünfzigjährige" geweckt. Ich spreche an diesem Morgen kein Wort mit Greta, weil ich gerade schlechter Stimmung bin und ich mich von Greta unverstanden fühle.
Jetzt ist Greta im Bad und ich starre in meinen Kaffee und frage mich, warum meine Mutter und mein Vater mich heute allein lassen. Gerade

jetzt würde ich so gerne ihre Geschichte hören von dem Susannchen, das endlich da ist und von dem Vater, der sturzbetrunken aus dem Lokal wankt, weil er einmal nicht gespart hatte, der aber wieder nüchtern wurde und mir meinen Namen gab, der ganz anders ist als Susannchen. Dafür und für die vielen anderen kleinen Dinge bin ich ihm so dankbar. Ich wäre heute auch ins Krankenhaus gefahren zu meinem Vater mit den vielen Geschwüren und hätte seine Hand gehalten und ihm erzählt, dass ich Lehrerin werde, zwar keine Sportlehrerin, sondern Schreiblehrerin, aber immerhin Lehrerin. Das hätte ihn vielleicht gefreut. Ich hätte mich heute auch zu meiner Mutter ins Wohnzimmer gesetzt und hätte mit ihr die Schlager-Liebeslieder angehört und auch ihr Schluchzen und vielleicht hätte ich auch ihre Hand gehalten oder selbst geweint. Wir hätten zusammen weinen können und Peter Alexander hätte dazu ein kleines Lied geschmettert, aber ich hätte nichts gesagt, auch nicht, dass wir ihre Schallplatten nach dem Tod der Müllverbrennungsanlage zukommen lassen, wie auch die übrigen Dinge, die sie sich erspart hatte in den ganzen Jahren, die ganzen Vorräte und Sonder-angebote, denn sparsame Leute können ja nichts wegwerfen.

Irgendwann hätte meine Mutter dann aufgehört zu weinen und etwas zu meinen Schuhen gesagt. Seitdem ich mir meine Schuhe selbst kaufte, sagte sie immer etwas zu meinen Schuhen, meistens, dich wird kein Mann nehmen, wenn du solche Schuhe trägst. Dabei handelt es sich nur um Turnschuhe. Ich sage lieber Turnschuhe anstatt Sneakers, nicht, weil sie zum Turnen geeignet sind, denn dort trägt man Schläppchen, sondern weil ich es noch gewohnt bin aus meiner Kindheit, da gab es Leinenschuhe, die heute Segelschuhe heißen und damals Turnschuhe hießen. Meine Schuhe heißen heute Sneakers oder Sportschuhe, obwohl ich nicht weiß, für welche Sportart sie geeignet sind, denn für mich sind es Turnschuhe. Ich besitze immer wenige Paar Turnschuhe, die ich im Wechsel trage. Wenn sie abgenutzt sind, kaufe ich mir neue Turnschuhe. Ich erklärte damals meiner Mutter, das ist doch sparsam, aber von dieser Art von Sparsamkeit wollte sie nichts wissen. Sie wollte lieber mit mir zu D. gehen, wo es die preiswerten, schicken Schuhe gab, aber davon wollte ich nichts wissen und ich erzählte ihr auch nicht, dass meine Turnschuhe ein mittleres Vermögen kosteten, denn das hätte sie nicht verstanden. Ich sagte auch nicht, dass ihre

Probleme mit den Füßen, die sie „Malässen mit den Füßen" nannte, von den Billigschuhen herrührten, die vielleicht sparsam und schick, aber nicht gut für die Füße waren.

Ich glaube, Lea hat etwa einhundert Paar Schuhe. Ich habe einmal in einer Frauenzeitschrift gelesen, dass viele Frauen einhundert Paar Schuhe besitzen. Sie haben einen eigenen Schuhschrank für ihre Schuhe, nicht so ein Schränkchen mit fünf Klappen für den Flur, nein, einen ganzen Schrank voller Schuhe. Auf dem Schrank stehen weitere Schuhkartons mit Schuhen, alles italienische, denn eine fünfzigjährige Frau, die etwas von Mode versteht, trägt italienische Schuhe.
Ich glaube, meine Turnschuhe sind auch aus Italien.
Lea steht also vor ihrem Schuhschrank und kann sich nicht entscheiden, was mir eigentlich nie passiert, denn es ist einfacher, sich zwischen wenigen Paar Turnschuhen zu entscheiden als zwischen einhundert Paar todschicker italienischer Designerschuhe. Wahrscheinlich hatte Lea schon vor ihrer Hochzeit italienische Schuhe, denn es hat sie ja ein Mann genommen.

Als ich noch zur Grundschule ging, schickte uns meine Tante Pakete mit abgelegten Kleidungsstücken ihrer Tochter. Meine Mutter fand das sehr sparsam. Ich dagegen litt unter dem fürchterlichen Geschmack meiner Tante. Lauter rosa Susannchenkleider, die meinem ausgeprägten Bewegungsdrang trotzten und nicht zerrissen, was auch immer ich anstellte, denn meine Tante war wohlhabend und kaufte nur Qualitätskleider, wie meine Mutter sagte. Ich hätte lieber die alten Hosen meines Bruders aufgetragen.

Ab und zu gab es neue Kleidungsstücke. Zweimal im Jahr fuhren wir in die nächstgrößere Stadt, um Kleidung zu erwerben. Meine Eltern machten daraus einen Familienausflug, wir mussten mit. Es war fürchterlich langweilig, stundenlang durch die Bekleidungsgeschäfte zu gehen und mein Bruder und ich spielten zwischen den Kleiderständern Verstecken, um uns die Zeit zu vertreiben, aber mein Vater hatte überhaupt kein Verständnis für unser Spiel, obwohl er sich selbst langweilte. Könnt ihr euch denn nicht wie anständige Kinder benehmen? Anständig war das, was wir immer sein sollten. Schlimmer noch als das Warten und Zuschauen war das Anprobieren. Natürlich hatte ich einen ganz anderen Geschmack als meine Mutter und meinem Vater war alles egal, deshalb hielt er zu meiner Mutter. Zieh das doch mal eben an, sagte meine Mutter und verlangte von mir, dass ich mich mitten im Kaufhaus zwischen Wäscheständern und den anderen Leuten umziehen sollte und ich war den Tränen nahe, denn ich wollte mich nicht vor den fremden Menschen ausziehen und meine Mutter sagte, stell dich nicht so an, dir guckt schon keiner was weg. Am Ende des Einkaufes gingen wir zusammen mit unseren vielen Tüten in die Cafeteria des Kaufhauses, die Stimmung war bereits kritisch, und meine Eltern bestellten sich eine Tasse Kaffee und wir bekamen Limonade und meine Mutter packte mitten im Restaurant ihre selbstgeschmierten Butterbrote aus und ich wäre am liebsten im Erdboden versunken und das ganze musste ich über mich ergehen lassen, während der Duft frisch frittierter Pommes in meine Nase zog. Die Sparsamkeit meiner Mutter kannte keine Grenzen.

Ich habe einen freien Tag. Kein Seminar an der Hochschule, keine Parkplatzsuche und keine Autosuche. Ich bin voller schlechter Laune.

Greta ist jetzt beim Joggen und ich denke, ich werde gleich wieder mit ihr reden, wenn sie vom Sport kommt, denn das Schweigen liegt mir gar nicht.

Meine Eltern konnten sich tagelang anschweigen. Jetzt sparen sie sogar an Worten, dachte ich und war froh, dass es einen Bruder gab, mit dem ich mich streiten konnte. Irgendwann sprachen sie miteinander, ganz ohne Ankündigung. Wir konnten nur vermuten, wann und wie sie sich vertragen hatten, wir hörten dann am Mittagstisch ein „Hm, lecker, Schatz" und das klackende Geräusch des Nagens am Kotelettknochen. In dem Moment wäre mir ein Schweigen lieber gewesen, ein Schweigen mit Milchreis und Rhabarberkompott.

Manchmal hilft mir bei schlechter Laune ein großes Stück Kuchen mit Sahne, zwar nur vorübergehend, aber immerhin vorübergehend. Es ist wichtig, sage ich mir, sich Momente des Glücks zu verschaffen, auch wenn es nur ein großes Stück Kuchen an einem trüben Dezembertag ist, an einem Tag, an dem man 59 Jahre und 364 Tage alt ist. Es ist wichtig zu wissen, wie man einen Moment glücklich sein kann an einem Tag mit schlechter Laune oder

Depressionen oder an einem Tag mit Zipperlein oder Geschwüren oder einem Bandscheibenvorfall. Ich überlege, was mich außer einem Stück Kuchen glücklich machen könnte und alles, was mir einfällt, schreibe ich auf einen Zettel, auf einen ganz ollen Zettel, denn die leeren Blätter meines Collegeblockes brauche ich noch für meine Geschichte und jetzt finde ich gerade nur diesen ollen Zettel von der Ankündigung einer Altkleidersammlung, dessen Rückseite frei ist. Das gibt es ja auch immer seltener, dass Werbezettel eine freie Rückseite haben, wegen der allgemeinen Sparsamkeit. Auf diesen Zettel schreibe ich alles auf, was mich glücklich machen könnte. Viel fällt mir nicht ein. Erwähne ich die hübschen, blauen Augen auf der Liste? Ich weiß nicht. Und ich beginne eine Liste mit Unglücksmomenten. Wenn man sechzig ist, geht es bergab mit den Glücksmomenten, denke ich, aber ich weiß natürlich, dass das keine Frage des Alters ist. Vielleicht sollte ich lieber eine Liste mit Dankbarkeiten schreiben, das macht man heute, und meine Liste mit unglücklichen Momenten lieber nicht weiterschreiben, oder eine weitere Liste anlegen mit Vorhaben, eine Bucket-List, so nennt man es, wenn man schon länger gelebt hat, aber noch nicht alles geschafft hat.

Meine Mutter schrieb auch Listen. Sie durchforstete die Werbeprospekte der Supermärkte und schrieb auf, in welchem Laden es welche Angebote gab. Vielleicht waren es für sie auch Listen von Glücksmomenten, denn nach dem Krieg gab es Hunger, aber keine Listen, weil es auch keine Prospekte gab und keine ollen Zettel einer Altkleidersammlung. Für uns Kinder gab es später kaum Geschichten über diese Zeit, da sparten meine Eltern auch mit Worten, sondern nur die Aufforderung, unsere Teller stets leer zu essen, weil wir nicht wüssten, was Hunger sei, und mir war nie klar, warum ich etwas über Hunger lernen sollte, indem ich gezwungen werde, meinen Teller zu leeren, obwohl ich schon gesättigt war.

Ich frage mich, was Lea aus München auf die Rückseite des Zettels der Altkleidersammlung geschrieben hätte oder die vielen Leas, über die ich nicht schreiben werde, die ohne Partner und die ohne einem hübschen Haus, die ohne eine Greta oder mit einer Greta, die Probleme bereitet, die Leas ohne Arbeit oder ohne Kosmetikerin, über die ich nicht schreiben werde in der Geschichte, die ich in ein paar

Tagen abgeben muss und die erst aus einem einzigen Wort auf meinem linierten Collegeblock besteht. Doch zunächst beschließe ich, in die Stadt zu fahren, wegen des Kuchens und der schlechten Laune.

Das Rosafarbene mit dem runden Kragen ist ja ganz schön, aber nicht so preiswert, sagte meine Mutter und mein Vater sagte, wenn es dir aber gefällt. Dann sagte meine Mutter jedoch, das Gelbe ist viel preiswerter, das Gelbe mit den Knöpfen und mein Vater sagte nur, wenn es dir aber nicht gefällt. Meine Mutter konnte sich, wie immer, nicht entscheiden, weil sie das eine Kleid hübscher und das andere preiswerter fand und mein Vater hat gelitten und wollte gar nicht sparsam sein, nur ganz schnell die Rolltreppe herunterfahren und die Etage für Damen- oberbekleidung verlassen. Aber auf die Idee, sich zwischendurch ein Paar neue Socken zu kaufen, kam er nicht, das musste meine Mutter machen, dabei hätte er doch zwischendurch ins Erdgeschoss fahren und einen Viererpack Herrensocken kaufen können. Stattdessen blieb er in der Etage für Damenoberbekleidung und wartete vor der Kabine, aus der meine Mutter mal im Gelben, mal im Rosafarbenen herauskam. Weil meine Mutter sich nicht entscheiden konnte, konnte auch mein Vater nicht Socken kaufen gehen oder Kaffee trinken, denn er musste etwas zu den Kleidern sagen, selbst wenn es nicht das war, was meine Mutter hören wollte.

Meine Eltern konnten sich auch stundenlang über Preise unterhalten, was ich für ein ganz langweiliges Thema halte, aber ich habe bereits festgestellt, dass sich viele Leute stundenlang über Preise unterhalten können. Somit ist es vielleicht doch ein fesselndes Thema. Manchmal beteilige ich mich auch an Gesprächen über Preise, die ich für überflüssig halte, aber sie sind so einfach, diese Gespräche über Preise, selbst, wenn man sich wie ich nicht so gut auskennt mit Preisen. Ein kleiner Satz, wie zum Beispiel „die spanischen Erdbeeren kosten tatsächlich nur zwei Euro das Schälchen" bietet herrliche Überleitungen zu den Themen Wetter, Urlaub und Arbeit. Ich kann also etwas zu Preisen sagen, obwohl ich mich nicht auskenne. Das ist oft hilfreich, wenn ich sonst nichts zu sagen habe, wenngleich ich diese Gespräche für überflüssig halte, verschwendete Zeit, aber worüber soll man denn sonst reden, wenn man gerade nicht über Unglücksmomente reden will.

Ich denke wieder über Leas Geschichte nach. Lea bereitet sich auf ihre Party vor. Sie hat sich für ein bestimmtes Outfit entschieden. Sie wird italienische Schuhe tragen und ein hübsches, neues Kleid, keine Turnschuhe und Jeans, und dann wird sie sich schminken und diesbezüglich muss ich Greta befragen, denn Greta versteht viel mehr vom Schminken als ich, ich kenne nur Lidschatten, Make-up und Lippenstift aus meiner Tanzschulzeit. Dieses Equipment besaßen wir alle. Und ich habe mich nur für die Tanzstunde geschminkt. Niemals wäre ich mit Schminke in die Schule gegangen. Den Lippenstift habe ich auch fast nie benutzt, wegen des Geschmacks. Das war ganz schön sparsam im Gegensatz zur Tanzstunde, die gar nicht preiswert war, aber die wiederum war notwendig, denn aus mir sollte etwas werden, Friseuse oder Hausfrau-Mutter. Männer nehmen Frauen, die Walzer tanzen können, vielleicht lieber, ich weiß es nicht. Ich kann sehr gut Walzer tanzen, aber ich habe noch nie bemerkt, dass diese Kunst irgendeinen Einfluss auf mein Leben gehabt hätte. Anders wäre es vielleicht mit dem Joggen oder Walken. Damit könnte ich mich einer

Gruppe am Samstagmorgen anschließen, dem Gesang des Zilpzalps lauschen und über italienische Schuhe oder schicke Autos plaudern, über Ernährungsphilosophien und Diäten, über Bestseller und ihre Verfilmungen, über Theateraufführungen oder Kunst, über Kinder und Enkelkinder oder Eltern und ihre Krankheiten, über Männer und ihre Macken, über Urlaube und Preise, nur nicht über das Schminken, dazu müsste ich erst Greta befragen.

Bevor ich mir einen Parkplatz in der Stadt suche, nehme ich den Umweg durch die Lessingstraße. Ich stelle mein Auto in sicherer Entfernung von Frau Schlesingers Haus ab und steige aus. Eine Weile verbringe ich mit Warten und Schauen und eine unbändige Lust nach Lakritzschnecken ergreift mich, aber ich sehe weit und breit keinen Kiosk. Als ich mich gerade eben wieder neben meinem Auto befinde, sehe ich, dass die Tür neben Frau Schlesingers Haus aufgeht und Alex herauskommt. Ich bemühe mich, einen zufälligen und lässigen Eindruck zu erwecken, was gar nicht so einfach ist ohne eine Tüte Lakritzschnecken in der Hand, und tatsächlich nimmt Alex mich wahr, winkt kurz, steigt in ein sportliches Auto und fährt weg. Ich bleibe noch ein wenig neben meinem verbeulten Auto stehen und genieße das Kribbeln in meinem Bauch, denn meine Mutter wartet nicht mit dem Mittagessen auf mich. Eigentlich dachte ich, ich wäre aus dem Alter des Wartens und Schauens heraus und meine schlechte Laune kehrt wieder und ich erinnere mich an den eigentlichen Grund für meinen Ausflug.

Meine Laune ist nur unwesentlich besser nach einem Stück Kuchen mit Sahne und einem großen Milchkaffee. Jetzt dreht sich meine Mutter gerade im Grab herum, denn dieses Vergnügen hat mich mehr als eine Peter-Alexander-Platte gekostet. Ich sollte meine freie Zeit nicht in Cafés verbringen und Zeitschriften lesen. Aber heute möchte ich nicht sparen, daher beschließe ich, mir etwas zu kaufen, ebenfalls ein probates Mittel gegen schlechte Laune, der Frustkauf.

In der Stadt treffe ich eine Bekannte. Ich treffe eigentlich immer Bekannte in der Stadt, weil die Stadt sehr klein ist und ich schon viele Jahre in dieser Stadt lebe, da sammeln sich einige Bekannte an. Ich mag es gar nicht, Bekannte überraschend in der Stadt zu treffen, denn ich weiß nicht, worüber ich mit ihnen reden soll, so spontan, aber ich halte an, denn ich bin höflich. Mit meinen besten Freundinnen könnte ich mich immer unterhalten, aber gerade sie treffe ich nie zufällig in der Stadt, dafür aber eine Bekannte, die jetzt nur noch wenige Meter vor mir steht. In wenigen Sekunden werde ich sie ansprechen. Ich gehe im Kopf meine Smalltalk-Notfallliste durch, die ich ganz sparsam auf die Rückseite eines Einkaufszettels geschrieben habe, der in meiner Brieftasche steckt und den herauszuholen mir jetzt zu spät erscheint. Die Liste beginnt mit dem Wetter. Auch ich beginne mit dem Wetter. Weiterhin erinnere ich mich an die Themen Urlaub, Preise, Kinder, Gemeinsamkeiten. Wir beginnen also mit dem Wetter und enden bei den Kindern, denn Gemeinsamkeiten haben wir keine, denke ich, aber plötzlich sagt sie ganz unvermittelt, „ja und nächsten Monat werde ich sechzig und dann geht es wohl bergab", aber wie sie es sagt, ist es wohl als Scherz gemeint. Ich lächle zustimmend und dann fügt sie ganz ernsthaft hinzu, „morgens habe ich immer ein Ziehen im Rücken, also ich möchte wissen, woher das kommt, aber mein Hausarzt..." und dann klagt sie ein wenig über Zipperlein und Ärzte, redet über Osteopathen und Schüsslersalze, und ich beschließe, das Thema Ärzte und Therapien spätestens morgen meiner Smalltalk-Liste hinzuzufügen. Zumindest macht sie sich Gedanken, denke ich, und verabschiede mich schnell wegen der dringenden Besorgungen. Das sagt man so, wenn man genug über Wetter, Preise, Urlaub oder Kinder und Krankheiten gesprochen hat.

Eines Tages eröffnete in unserer Stadt ein großer Supermarkt mit dem Namen Albrecht und diese Eröffnung kam einer kleinen Revolution im Leben meiner Mutter gleich, denn bei Albrecht konnte man immer preiswert einkaufen. Man musste sich auch nie zwischen rosa und gelb entscheiden, denn es gab entweder nur rosa oder nur gelb und meine Mutter kaufte ständig diese preiswerten Waren ein und legte Vorräte an, vielleicht für den dritten Weltkrieg, denn im zweiten Weltkrieg hatten sie keine Vorräte, sondern immer nur Hunger. Wir konnten gar nicht so viel essen, wie sie an Vorräten anlegte. Die Vorräte stapelten sich im Keller, wo sich früher das Eingemachte befand.
Einige Jahre später gab es zusätzlich noch diese praktischen Angebote für den Haushalt, Dinge, die sie sich davor kaum geleistet hatte.

Eierschneider und Bettdecken, Düngestäbchen für Topfpflanzen oder Blutdruckmessgeräte und Brillengaragen, denn ab fünfzig benötigte sie eine Brille, wie so viele Menschen ab fünfzig eine Lesebrille benötigen, die es ebenfalls in besagtem Supermarkt zu kaufen gab. Da man mit fünfzig aber auch vergesslicher wird und ständig seine Brillen verlegt, kauft man sich am besten eine Brillengarage, wie meine Mutter es tat. Sie kaufte ein ganzes Rudel dieser praktischen Brillengaragen und hängte in jedes Zimmer eine. Von all diesen praktischen Gegenständen legte meine Mutter kleine Vorräte an für den dritten Weltkrieg. Und mein Vater sammelte Schrauben und Schraubenzieher, Dübel und anderes Werkzeug, die er in seinem Hobbykeller bewahrte und sortierte. Nein, meine Eltern waren keine Messies, sie legten nur kleine Vorräte an und schmissen nichts weg, was man vielleicht irgendwann für irgendetwas gebrauchen könnte.

Am Ende trugen wir alles zum Container, nur nicht das Waschmittel, das habe ich mitgenommen, obwohl ich keinen Platz für Vorräte habe, aber Waschmittel haben eine lange Haltbarkeit und Gretas Kleidung hatte bezüglich der Sauberkeit überhaupt keine lange Haltbarkeit.

In der Mitte der Hauptstraße gibt es einen Kiosk, in dem ich früher mal gejobbt habe. Ich gehe daran vorbei und halte nicht an, um Lakritz-schnecken zu kaufen. Jetzt jobbt dort eine andere junge Frau, die ich nicht kenne, aber sie verkauft dasselbe Bier an ähnliche Typen, an die ich es schon verkauft habe, die mit den aufgeschwemmten Gesichtern, die aussehen, als hätten sie ihren fünfzigsten Geburtstag schon vergessen, aber sie sehen nur so aus, sie sind gar nicht so alt, sie stehen dort in ihren hudligen Kleidungsstücken und erzählen immer die gleichen Geschichten. Nur montags gibt es etwas Neues zu erzählen über Fußball, da sind sie schon mal geteilter Meinung. Es wird etwas lauter und so manch ein Knirps traut sich nicht heran, um sein Taschengeld in Pokemonkarten oder Süßigkeiten umzusetzen, dabei sind sie doch ganz harmlos.

Das sagte sogar meine Mutter zu den Arbeitslosen oder Obdachlosen, harmlos, aber verkommen. Sie liegen Vater Staat auf der Tasche, das sagte mein Vater, der dem Staat niemals auf der Tasche lag, weil er Abwasserkanäle zeichnete. Da stehen sie mit ihrer Flasche Bier in der Hand und erzählen ihre

Geschichten und ich glaube, aus ihnen wird nichts mehr, aber wissen kann ich das natürlich nicht.

Ich suche nach einem neuem Nachthemd, weil ich schlechte Laune habe und deshalb etwas kaufen möchte. Es könnte der Tag kommen, an dem ich keine durchlöcherten, alten T-Shirts zum Schlafen tragen möchte und mein Schlechte-Laune-Kauf einen Sinn haben könnte. Ich betrete ein Kaufhaus und schaue nach Nachthemden; es gibt sogar noch Susannchen-nachthemden. Ich suche mir etwas aus, das wie ein überdimensionales T-Shirt aussieht und denke, warum habe ich mir nicht schon früher ein Nachthemd gekauft und nun schlage ich zu und kaufe direkt zwei Stück von dem Tisch mit den Sonderangeboten und denke an meine Mutter, die sparsam war und Vorräte anlegte.

Greta isst gerne Milchreis. Den isst sie nur, wenn sie bei mir zu Besuch ist. Er erinnert sie an ihre Kindheit. In ihrer Wohnung isst sie ganz andere Sachen. Eine Zeitlang hat sie sich vegan ernährt, was mir nicht sehr gefallen hat, denn ich halte nichts von extremen Ernährungsweisen. Jetzt ernährt sie sich wieder vegetarisch. Mama, du bist eine Flexitarierin, sagt sie zu mir, weil du manchmal Fleisch isst, und ich wundere mich, dass ich bezüglich der Ernährung etwas sein muss.

Ich liebe Milchreis, weil er sich so schnell zubereiten lässt. Greta isst ihn gerne mit Apfelmus aus dem Glas, das ich in wenigen Sekunden geöffnet auf den Tisch stellen kann, während meine Mutter immer Rhabarberkompott dazu reichte, selbstgemachtes Rhabarberkompott, aus geschenktem Rhabarber mit ganz viel Oxalsäure, von der man Nierensteine bekommen kann. Obwohl ich gerne Rhabarberkompott esse und Schokolade, in der sich auch jede Menge Oxalsäure befindet, habe ich noch keine Nierensteine, aber das kann ja noch kommen, ab morgen, wenn es nur noch bergab geht und ich mich immer häufiger über Krankheiten unterhalten werde. Warum nicht auch über Oxalatsteine. Ich koche Milchreis für Greta, die noch jung ist und gar nichts über Oxalatsteine weiß, sich dafür aber mit dem Schminken auskennt.

Greta freut sich über den Milchreis und gibt mir bereitwillig Auskünfte über das Schminken. Ich frage sie, ob es wohl ausreicht. Greta ist ganz zuversichtlich. Merkt doch keiner, sagt sie, dass du keine Ahnung hast, das kann man doch nur sehen, aber nicht lesen. Sie lacht mich fröhlich an, wie auf den vielen Fotos, die in unserer kleinen Küche hängen. Ich bin ihr nicht böse.

Es gibt Fotos mit Greta und Fotos mit mir und Greta und Fotos vom Unterhaltszahler mit Greta und Fotos von meinen Freunden und dann gibt es noch ein paar alte Familienfotos in Schwarz-Weiß, vergilbt und unscharf. Es gibt Fotos und Regale in meiner Küche und den alten Küchenschrank meiner Eltern, an dem ich hänge, obwohl es keine wertvolle Antiquität ist. Er fasst unser Sammelsurium an Geschirr, Töpfen und Lebensmitteln. Seine vorhang-bespannten Milchglasfenster verbergen das innere Chaos. Er ist eigentlich zu wuchtig für die kleine Küche, er füllt den Raum fast vollständig aus, sodass es nur zwei kleine Sitzplätze am Fenster gibt, an dem wir jetzt sitzen und Milchreis essen.

Selbst in meinem Haushalt hat sich im Laufe der Jahre etwas angesammelt. Es sind Vorräte der Erinnerungen und ich denke an die Wohnung meiner Eltern mit den Vorräten an Angeboten, die wir nach ihrem Tod leerräumen mussten und an den ganzen Plunder, an dem sie hingen.

Nachdem mein Vater gestorben war, kauften wir, mein Bruder und ich, meiner Mutter einen Videorekorder, keinen preiswerten, denn wir hofften, es würde sie ein wenig ablenken. Mein Bruder erklärte ihr mehrmals, wie man ihn programmiert, aber meine Mutter konnte ihn nie bedienen. Nach dem Tod meiner Mutter habe ich den Videorekorder geerbt, aber da gab es schon keine Videofilme mehr, sondern das Internet. Meine Mutter wollte auch keine Peter-Alexander-Filme anschauen, sondern tanzen gehen. Ein Jahr nach dem Tod meines Vaters ging sie einmal im Monat mit ihren Chor-kolleginnen in ein gediegenes Landlokal, das Tanz-nachmittage für Senioren veranstaltete und nach einiger Zeit fand sie einen Kavalier, der mit ihr tanzte und am Wochenende mit ihr spazieren fuhr. So gesehen hatte sie wieder ein Mann genommen, weil sie Walzer tanzen konnte und sich mit dem Schminken auskannte. Aber weil es mit dem Kavalier langsam bergab ging, hat diese Tanzliaison nicht lange gehalten. Dann kauften wir ihr ein modernes, seniorengerechtes Fahrrad, mit dem sie alleine spazieren fahren konnte.

Es ist gut, dass es eine Greta gibt. Sie erklärt mir das Schminken und das Internet. Sie erklärt mir, wie mein Smartphone funktioniert und wie ich Nachrichten und Fotos verschicken kann. Und es ist mir lieber, Nachrichten verschicken zu können, als einmal im Monat in einem gediegenen Landlokal zum Tanztee zu gehen, der heute Ü-40-Party oder After-Work-Party heißt, aber vermutlich immer noch dazu dient, einen Kavalier zu finden.

Lea hat ein italienisches Buffet bestellt. Es könnte auch ein orientalisches oder ein schwedisches sein, auf keinen Fall ein deutsches. Ich glaube, so ist das heute. Auf keinen Fall Schnittchen, die meine Mutter manchmal vorbereitet hat und die heute Canapés heißen, Canapés mit Hähnchenbrust oder Avocadocreme oder Lachs, die aber unpassend zum sechzigsten Geburtstag sind, fast so unpassend wie Pizzataxi.

Auf der Silberhochzeit meiner Eltern gab es Schnittchen, eigenhändig von mir bestrichen und belegt, die heute Canapés heißen und auf Cocktailpartys serviert werden. Mein Vater kaufte im Supermarkt Bier, Limonade und Likör. Meine Mutter beaufsichtigte das Schnittchenschmieren. Sie wusch Radieschen und grüne Salatblätter zum Garnieren für die Nachbarn, die am Vortag so ein Grünzeug um die Haustür gewickelt haben mit einer silbernen 25 in der Mitte und die dann Schnittchen oder Canapés essen wollten. An diesem Tag wollten meine Eltern gar nicht sparsam sein. Ich glaube, an diesem Tag waren sie ganz glücklich.

Leas Buffet ist pünktlich gekommen und sieht so perfekt aus, wie Lea es sich erträumt hat. Draußen vor dem gediegenen Landlokal füllt sich der Parkplatz mit Limousinen aller Arten, SUVs und Hybridautos. Gut gekleidete Menschen legen bunt verpackte Geschenke auf einen Tisch, mustern sich gegenseitig und mustern das Buffet und stellen sich ganz zwanglos in den Raum und trinken Aperitifs. Es ist eine Pärchen-Party, denn die meisten Gäste sind Pärchen. Nur ganz am Rand sitzt die Cousine, die keinen abgekriegt hat oder geschieden ist, und natürlich die alte Tante Käthe, die man auch eingeladen hat. Die Pärchen arbeiten ihre Smalltalk-Listen ab, sie reden über Arbeit und Urlaub, Kinder und Eltern, und die wenige Freizeit, die sie haben und sie reden vor allem über sich, aber nicht über Preise und Krankheiten. Sie alle wollen einen netten Abend verbringen, auch das Geburtstagskind, das ganz aufgeregt ist und einen nach dem anderen begrüßt. So weit, so gut. Einleitung-Hauptteil-Schluss.

Einleitung, Höhepunkt, Schluss. Biografisches Schreiben – ein Schreibseminar. Ob Alex mir mit Absicht die Themenkarte untergejubelt hat? Am Ende des letzten Semesters sind wir essen gegangen, die vielen Gretas, Alex und ich. Zum Schluss blieben nur wir beide übrig, aber es war noch nicht der Schluss, sondern die Einleitung oder vielleicht auch gar nichts.

Ein Nachmittag in einer Zweizimmerwohnung kann sehr lang sein, wenn man 59 Jahre und 364 Tage alt ist. Greta ist mal wieder unterwegs. Obwohl ich froh bin, dass ich nicht Susannchen heiße und nicht traurig bin, dass ich keine Sportskanone geworden bin, denke ich, es kann doch nicht immer so weiter gehen mit meinem Leben. Vielleicht sollte ich mir Lakritzschnecken besorgen und noch einmal in die Lessingstraße fahren.

Als es meinem Vater schon sehr schlecht ging, wusste er, dass es nicht immer so weiter gehen würde. Er verkroch sich in seinem Werkzeugkeller und bastelte. Er wollte nicht, dass wir mit ansehen mussten, wie er litt. Er sortierte seine Schrauben und sein Werkzeug. Manchmal besuchte ich ihn im Keller. Er wollte unbedingt etwas für Greta und mich bauen. Ich schlug ihm vor, ein Bücherregal zu bauen.

Einmal sah er mich fragend an und sagte, das war es wohl. Wenn ich das Bücherregal sehe, das heute in Gretas ehemaligem Zimmer steht, in dem ich jetzt schlafe, wenn Greta in ihrem Nest ist, muss ich immer wieder an diesen fragenden Blick denken. Ein bisschen Mühsal und ein bisschen Vergnügen, vielleicht eine sinnvolle Aufgabe und wenn man Glück hat, auch ganz viel Liebe, das ist es wohl.

Lea denkt, es geht immer so weiter, ab und zu kauft sie sich ein noch teureres Auto oder einen neuen Sportanzug, mit dem sie ihre Sportkameradinnen oder den Zilpzalp über-rascht, weil der alte unmodern wurde.

Oder sie renoviert das Wohnzimmer, weil rosa oder gelbe Tapeten jetzt modern sind.

Oder sie fährt jetzt häufiger ins Altersheim, in dem ihr Vater lebt, der sich nicht mehr an den Namen seiner Enkel erinnert, aber sonst geht immer alles so weiter und Lea denkt nicht einmal daran, dass es bergab gehen könnte.

Ich sollte etwas Neues beginnen, etwas Aufregendes, vielleicht schon morgen. Ich habe vor kurzem ein Studium begonnen, das weder besonders aufregend, noch bedeutungsvoll ist.
Ich könnte mich für eine Quizshow bewerben und viel Geld gewinnen. Dann müsste sich meine Mutter nicht ständig im Grab umdrehen, weil ich ihr Erbe verjuble. Es gibt so viele Menschen, die unbedingt einmal im Fernsehen sein wollen. Später würden Greta und ich uns die Show in der Mediathek ansehen und wir säßen in meinem Schlaf-Wohn-Arbeits-Vergnügungs-zimmer, ganz zum Vergnügen, und Greta würde sagen, die haben dich aber toll geschminkt, denn davon versteht sie etwas. Wahrscheinlich würde mir aber schon beim Casting vor lauter Aufregung nicht einfallen, dass Quito die Hauptstadt von Ecuador und Klytämnestra die Gattin des Agamemnon ist. Somit verwerfe ich diesen Gedanken. Ich könnte Politikerin werden, aber nicht in den USA, da wäre ich noch zu jung für eine Karriere als Politikerin, aber hier, das würde gehen, ich könnte noch Bundes-präsidentin werden. Das wäre sehr aufregend, weil ich viel reisen dürfte, aber dummerweise

müsste ich ja auch Reden halten und ich verhasple mich doch immer bei längeren Reden. Mein Vater sagte immer, man brauche starke Ellenbogen, um in der Politik etwas zu werden, und die habe ich schon lange nicht mehr, seitdem es mit den Gelenken bergab geht. Für ein Seniorenstudium braucht man keine starken Ellenbogen.

Wenn man sechzig wird, geht es mit den beruflichen Möglichkeiten bergab, aber mit den Hobbys vielleicht bergauf.
Ich könnte mir neue Hobbys zulegen, es gibt ja so vieles, was ich noch nicht ausprobiert habe. Vielleicht ein bisschen Homöopathie, das wäre sehr praktisch und sparsam, wenn die Zipperlein zunehmen. Es dürften nur keine Sammelhobbys sein, denn dafür ist mein Schlaf-Wohn-Arbeits-Vergnügungszimmer zu klein. Ich könnte klöppeln oder Yoga machen, dafür würde der Platz reichen. Ich könnte einen Kurs in Gedächtnistraining belegen, dann müsste ich nicht immer alles auf die Rückseite von Handzetteln schreiben, die jetzt Flyer heißen oder auf die Rückseite von Einkaufszetteln, die so klein sind.
Oder ich lerne ein Musik-instrument, da liegt

doch noch Gretas Blockflöte in der Kommode.
Ich könnte mich auch einigen Extremsportarten
widmen. Ich könnte nach Münster oder
Duisburg oder Hamburg fahren und einen
Nachmittag lang Paternoster fahren, weil man
angeblich nicht in den Schacht fällt.

Aber was für einen Sinn macht das alles? Macht
ein Studium Sinn oder ist es nur eine Ablenkung
von dem Gedanken, dass es ab jetzt immer nur
bergab geht?

Meine Mutter ist mit fünfzig in den Kirchenchor
eingetreten. Mein Vater ist nach Bad Soltau oder
Bad Meinberg gefahren, um im Kurpark
spazieren zu gehen.

Ich könnte mir jetzt erst einmal einen heißen
Kakao kochen, obwohl Kakao ja ganz ungesund
sein soll, wegen des Zuckes und der Milch, von
der man angeblich Entzündungen bekommt,
denn die nehmen auch zu, wenn man sechzig
wird und es mit der Gesundheit bergab geht.

Ich trinke meinen Kakao, rufe meine Freundin
Lisa an und verabrede mich mit ihr zum
Abendessen.

Lisa ist meine beste Freundin. Ich habe sie im
Büro kennen gelernt. Ich habe für sie Papiere
sortiert und kopiert, denn sie hatte damals schon

einen interessanten Job in der Marketing-
abteilung, und wir haben uns angefreundet. Wir
haben unsere Mittagspausen miteinander
verbracht und pausenlos gequatscht. Manchmal
hat Lisa auf Greta aufgepasst, weil ich
Verabredungen hatte. Dafür habe ich auf ihre
Fische aufgepasst, wenn sie im Urlaub war.
Greta verbrachte mit Lisa vergnügliche Abende
und kehrte unversehrt und zufrieden zu mir
zurück. Ich wollte es genauso gut machen. Ich
passte sehr sorgfältig auf die Fische auf, meistens
mit Greta. Wir saßen vor dem Aquarium und
schauten den Fischen beim Schwimmen und
Fressen zu. Natürlich konnten wir nicht Lisas
gesamte Urlaubszeit vor dem Aquarium verbringen. In der Regel war es so, dass sich
spätestens am fünften Tag die erste Leiche unter
dem Deckel befand. Ich hatte ein schlechtes
Gewissen, weil Greta immer glücklich und
unversehrt von Lisa zurückkehrte und ich wollte
ebenso glückliche und unversehrte Fische
zurückgeben. Ich konnte doch im Gegenzug
nicht mit ansehen, wie sich während ihrer
Abwesenheit die Fische verabschiedeten. Also
nahm ich ein Teesieb, dass ich in Lisas Küche
fand und fischte regelmäßig die Leichen heraus.
Ich wickelte sie angewidert in Zeitungspapier ein

und fuhr in das nächste Zoogeschäft. Bereits nach kurzer Zeit war ich regelmäßiger Besucher des Zoogeschäftes und war dem Zooge- schäftsinhaber mit Namen bekannt. Ich wickelte die Fische aus, bekam eine Tasse Kaffee in die Hand gedrückt und verbrachte mehrere Stunden vor seinen Aquarien, um möglichst ähnlich aussehende Exemplare zu finden. Lisa sagte immer, ich wäre die beste Fischaufpasserin, die sie kennt. Ich sagte nichts dazu. Manchmal erhält Schweigen die Freundschaft.

Ich würde jetzt gerne etwas Sinnvolles tun, etwas Weltbewegendes, am Tag vor meinem sechzigsten Geburtstag. Zum Beispiel ein Menschenleben retten oder wenigstens könnte ich etwas Praktisches erledigen. Ich könnte in die Küche gehen und das vordere Stück des Wasserhahnes abschrauben, um es zum Entkalken in Essig einzulegen.
Ich könnte mich um ein Ehrenamt bemühen, das macht man doch, wenn man älter wird. Ich könnte Kindern etwas vorlesen. Ich gehe in Gretas Zimmer, das jetzt eigentlich mein Schlafzimmer ist, und schaue mir die alten Kinderbücher an, nehme das Buch über Pippi Langstrumpf heraus, schlage es auf und lese:

„Ja, die Zeit vergeht und man fängt an, alt zu werden. Im Herbst werde ich zehn Jahre alt und dann hat man wohl seine besten Tage hinter sich." Mit sechzig hat man schon Allerlei hinter sich, vor allem die besten Tage, und jetzt studiere ich „Biografisches Schreiben" und weiß nicht, ob es noch Erlebnisse geben wird, über die ich schreiben möchte.

Einleitung-Höhepunkt-Schluss. Ich habe eine Protagonistin. Die heißt LEA, der Name steht auf meinem Collegeblock. Lea ist eine Kopfgeburt. Das ist etwa so schwierig wie Steißlage. Lea ist eine gewöhnliche Frau. Eine durchschnittliche Frau. Das macht die Geschichte etwas schwierig, denn gewöhnliche Menschen haben gewöhnliche Geschichten. Vielleicht will sie sich selbstverwirklichen oder sie macht ein wenig Karriere als Verwaltungsangestellte, nachdem ihre Kinder aus dem Gröbsten heraus sind. Lea wird vielleicht Abteilungsleiterin. Das würde meinem Vater gefallen. Mein Vater hat nie Karriere gemacht. Er ist ins Büro gefahren und hat Abwasserkanäle gezeichnet und hat die Karriereleitern den anderen überlassen.
Sicher hat erst einmal Leas Gatte Karriere

gemacht, der Gemütliche mit Bauch oder der Sportliche mit dem Mountainbike oder der Typ mit dem Motorrad.

Gewöhnliche Menschen werden nicht einmal schwer krank mit sechzig. Ja, sie haben einige Beschwerden, aber nichts Lebensbedrohliches. Das wäre jetzt auch zu deprimierend, wenn ich über schwere Krankheiten schreiben müsste, sie haben nur Kinkerlitzchen. So nannte es meine Mutter, wenn mein Vater nicht zur Arbeit fahren wollte, weil er Halsweh hatte. Meine Mutter hatte überhaupt kein Verständnis für Menschen mit Kinkerlitzchen. Ich muss doch auch arbeiten, sagte sie, selbst wenn ich am Stock gehe. Das hieß aber nicht, dass sie sich etwas gebrochen hatte, das konnte auch hohes Fieber oder Lungenkatarrh heißen. Meine Mutter war aber eher selten krank, sie hatte nur einige Malässen, wie sie es nannte. Malässen mit den Zähnen und mit den Augen, mit den Füßen und mit dem Bauch. Und als wir klein waren, hatte sie Malässen mit den Kindern, die nicht gehorchten. Wenn wir Kinder mal krank waren, dann ging sie nicht mit meinem Vater spazieren, sondern blieb zuhause, rührte ein Zucker-Ei für uns, setzte sich an unser Bett und las uns ein Märchen von den

Brüder Grimm vor. Zucker-Ei war ein rohes Ei, das mit Zucker schaumig geschlagen wurde. Heute würde man nicht einmal gesunden Kindern so etwas zu essen geben, aber ich liebte es.

Mit der Gesundheit geht es also bergab und mit der Karriere bergauf, wenn man in die Politik geht. Beides ist anstrengend, denn das weiß ich noch aus meinem Urlaub in den Bergen, bergauf und bergab sind gleichermaßen anstrengend. Für bergauf gab es Schokolade.

Mit der Ruhe geht es auch bergauf, wenn man vorzeitig in Rente geht oder schon, wenn die Gretas ausziehen.

Ich habe ja keine Mandeln mehr, die ich mir morgen herausnehmen lassen könnte, ich liege überhaupt eher selten im Krankenhaus. Und wenn, dann immer ganz unpassend und das wird zunehmen, wenn man über sechzig ist, dann wird es immer unpassender mit den Krankheiten, über die wir dann so oft reden werden.

Am Abend treffe ich mich mit Lisa in einer Studentenkneipe, in der man Kleinigkeiten zu essen bekommt. Heute wird meine Mutter ganz müde sein vom ständigen Im-Grab-Umdrehen. Lisa und ich haben uns viel zu erzählen. Das ist heute ganz unpassend, denn Lisa hat nicht viel Zeit mitgebracht und mit einem Mund voller Salatblätter und Tomaten kann ich nicht viel reden. Ich erzähle ihr ein wenig von meinem Seminar und den schönen blauen Augen, da sehe ich Alex und zwei weitere Dozenten der Hochschule zur Tür hereinkommen. Mir stockt ein wenig der Atem. Sie setzen sich an einen freien Tisch in unsere Nähe. Ich erzähle Lisa von meiner neuen Liste mit den Glücksmomenten. Sie versteht mich sehr gut, denn sie hat sich auch schon Gedanken darüber gemacht.

Lisa ist das genaue Gegenteil von mir. Sie hat einen interessanten Beruf und einen netten Mann und ist immer gut gekleidet, selbst wenn sie Turnschuhe trägt. Aber sie hat auch ihre Probleme, denn Lisa hat keine Greta, um die sie sich Sorgen machen darf.

Ich denke, nichts ist vollkommen auf dieser Welt.

Lisa dreht sich ständig um, es ist mir so peinlich, denn sie möchte einen Blick in die schönen blauen Augen werfen. Schau dich bitte nicht ständig um, sage ich, es hat eh nichts zu bedeuten, für Sowas bin ich zu alt. Meine Mutter hat mit siebzig noch einmal geheiratet, sagte Lisa, ich sage dir, man ist nie zu alt für die Liebe, wenn es dich wirklich erwischt.

Ich weiß nicht, ob es mich wirklich erwischt hat. Diese Gedanken lenken mich aber so wunderbar ab von meiner schlechten Laune und den Krankheiten, die ab morgen auf mich zukommen werden. Lisa macht sich überhaupt keine Gedanken darüber, was auf sie zukommen wird, obwohl sie 59 Jahre und 122 Tage alt ist. Das ist herzerfrischend.

Die drei reden und essen, wie auch Lisa und ich reden und essen und beim Hinausgehen kommen wir an Alex Tisch vorbei. „Was macht denn der Joker? Schon angefangen?"

Vor der Tür verabschiede ich mich von Lisa und fahre in meine Wohnung zurück.

Morgen werde ich sechzig und Greta ist nicht zu Hause, denn sie ist mit Freunden unterwegs und weil sie nicht zur Uni muss, kann sie morgen ausschlafen. Ich fühle mich ein wenig allein in meiner Zweizimmerwohnung. Mit dem Alleinsein ist es ganz schön bergauf gegangen, denke ich.

Aber morgen werden mich meine Freunde besuchen, die ich nicht eingeladen habe, ganz überraschend. Ich habe nichts zu essen im Haus, aber die Freunde werden mir Geschenke überreichen, lustige Geschenke, Antifalten-cremes und einen Gutschein für eine Thai-Massage, und mein Arbeitszimmer mit dem unbeschriebenen Collegeblock wird zum Vergnügungs-zimmer mit Pizza und Bier, das ich im Supermarkt besorge, denn mich hat ja kein Mann genommen, der mir das Bier aus dem Supermarkt holt. Dafür stehe ich aber auch nicht in der Küche und brate Frikadellen.

Aus mir ist nicht das geworden, was meine Eltern sich erhofft haben. Und weil ich bald sechzig bin, muss auch nichts mehr aus mir werden.

Was ist überhaupt aus mir geworden? Eine alte Frau, die noch einmal studiert, obwohl sie doch endlich ein Ehrenamt beginnen sollte, in der Suppenküche oder als Lesepatin, und die keine Verliebtheit mehr planen sollte.

Lea geht also am Nachmittag noch zu ihrem Friseur oder ihrer Kosmetikerin und lässt so einiges machen, damit man nicht sieht, dass es mit ihrer Schönheit bergab geht, und dann fahren sie in das gediegene Landlokal, in dem das italienische Buffet aufgebaut wird. Viele Freunde und Nachbarn sind gekommen. Sie lassen sich die feinen Sachen auf der Zunge zergehen, denn sie sind gesund und haben Appetit, bis auf diejenigen mit den Allergien, den Ernährungs- philosophien und den Unverträglichkeiten, die müssen sich erst erkundigen, ob das Essen Zusatzstoffe enthält, Gluten oder Laktose, Weizen oder Milch, Konservierungsmittel oder Birkenpollen.

Auf dem Tisch liegen die bunten Pakete mit der Antifaltencreme und den schönen Büchern und den Kerzen, aber das ist nicht alles, was sie geschenkt bekommt. Irgendwann an diesem Abend wird es einen lustigen Sketch geben und man wird Lea einen Briefumschlag überreichen mit einem Gutschein für zwei Personen, einem Gutschein über eine Reise nach Florenz oder Venedig, in die Toskana oder in die Provence. Lea bekommt glänzende Augen und zwinkert ihrem Gatten zu, der notgedrungen lächelt, denn sie denkt gar nicht daran, mit ihrer Freundin zu verreisen, was sie aber tun wird, sie weiß es nur noch nicht an diesem Abend. Aber ich verrate es schon einmal, denn meine Geschichte endet ja an diesem Abend. Ich werde nichts mehr von der Reise erzählen, die an diesem Abend nicht stattfindet, die nur in Form eines Gutscheines bei Lea glänzende Augen hervorruft.

Als meine Eltern nicht mehr in die Berge gefahren sind und wir Kinder schon lange nicht mehr mit ihnen in den Urlaub fuhren, sind sie in Orte gefahren, die mit dem Wort Bad beginnen. Dafür bekamen sie einen Zuschuss von der Krankenkasse. Das war gut so, denn meine Mutter wollte auch im Urlaub sparsam sein. Dort sind sie mit dem Auto spazieren gefahren und haben sich die schöne Gegend angeschaut. Oder sie sind im Kurpark spazieren gegangen und haben dem Kurkonzert gelauscht, das ganz umsonst gespielt hat, wie meine Mutter nachher erzählte. Mittags gab es das preiswerte Essen im Gasthof Zum Hirschen oder Zum Ochsen. Dort machten sie auch die reizende Bekanntschaft von Frau Lauterbach und Herrn Süderle oder Frau Süderle und Herrn Lauterbach, die sich in Bad Salzufflen kennengelernt hatten und meine Mutter war froh, dass mein Vater nicht mehr alleine in Orte fuhr, die mit Bad beginnen. Sie brachten Greta kleine Andenken mit, Wappen für ein Armband oder Bleistifte mit der Aufschrift „Schöne Grüße aus Bad Salzufflen", kleine Gläser oder Teller, die Greta als Puppengeschirr benutzte.

Greta und ich verreisen auch gerne. Im nächsten

Jahr wird sie zu Ostern einen Snowboardkurs machen. Ich werde Ostern nicht verreisen. Im Sommer werden wir kurz zusammen verreisen, irgendwohin, wo es warm ist. Meistens benutzen wir zur Anreise ein Flugzeug, weil wir gerne europäische Städte besuchen. Je älter ich werde, desto früher muss ich am Flughafen sein. Wenn dieser Trend weiterhin anhält, kann ich mir bereits jetzt ausrechnen, wie viele Stunden vor dem Abflug ich in zehn Jahren am Flughafen sein werde und ob es erforderlich sein wird, vorher ein Zimmer am Flughafen zu mieten, aber vielleicht werde ich mit siebzig überhaupt nicht mehr fliegen, weil es ganz unüblich ist, dass Orte, die mit dem Wort Bad beginnen, einen Flughafen haben. Und weil ich mir jetzt angewöhnen werde, mit der Bahn zu fahren, wegen der Umwelt, und da muss man nicht stundenlang vorher am Bahnhof sein, denn die Bahn kommt ja meistens zu spät.

Morgen werde ich sechzig und ich finde es ganz normal, dass ich heute über das Älterwerden nachdenke. Als ich zehn wurde, habe ich auch über das Älterwerden nachgedacht, zumindest über die Vorteile, die damit verbunden waren. Das waren mehr Taschengeld und länger fernsehen, also am Freitag mit den Eltern „Der Kommissar" anschauen und bei den spannenden Stellen schnell zum Klo laufen und hinterher wieder ins Wohnzimmer laufen und aufgeregt fragen, „Was ist denn gerade passiert?". Am Samstagabend gab es eine Show mit Kuhlenkampf, nach der Sportschau, nach den Nachrichten, eine Show für die ganze Familie und ich musste nicht zum Klo.

Es fällt mir schwer, die Vorteile zu erkennen, die mit dem sechzigsten Geburtstag verbunden sind. Viele Freunde sind an ihrem sechzigsten Geburtstag verreist, aber ich muss ja nächste Woche ins Seminar und eine Geschichte vorlesen oder abgeben, weil ich doch wieder studiere, was ganz ungewöhnlich ist, wenn man sechzig ist, aber zu anderen Zeiten ganz gewöhnlich ist.

Meine Mutter hat früher nicht studiert, sondern den Haushalt erledigt. Sie musste um vier Uhr fertig sein, denn dann kam mein Vater von der Arbeit und wollte keine Frau sehen, die den Haushalt erledigt. Er wollte spazieren fahren oder spazieren gehen.

Was soll nur aus mir werden, denke ich gerade heute und weil ich ein bisschen verstimmt bin und weil es ein Tag ist, an dem ich mit dem Rauchen aufhöre. Ich denke an Geschwüre, ein Mensch mit Geschwüren wird aus mir. Aber dann verwerfe ich diesen Gedanken und beschließe, ins Bett zu gehen, denn es kann nicht schaden, ausgeruht zu sein am Morgen des sechzigsten Geburtstages, aber es dauert noch sehr lange, bis ich ins Bett gehe, denn ich muss noch ein wenig den Haushalt erledigen, wegen der Überraschungsgäste.

Ich müsste jetzt mal das Schlaf-Wohn-Arbeits-Vergnügungszimmer aufräumen, aber ich gehe in die Küche und schraube das vordere Stück vom Wasserkran los, ich weiß nicht wie es heißt, und lege es in Essig ein, denn nur zu diesem Zweck habe ich Essig im Haus, nur zum Entkalken. Ich widme mich der Küche. Sie ist viel kleiner als mein Schlaf-Wohn-Arbeits-Vergnügungszimmer. Ich mache nur das Nötigste und das erscheint mir noch zu viel, aber wenn man sechzig wird und Überraschungsgäste erwartet, muss man wohl oder übel ein wenig Hausarbeit erledigen. Das sehe ich ein, aber ich werde nicht in der Küche stehen und Frikadellen braten und Buttercremetorte backen. Ich nehme mir ein Glas Wein und gehe zurück ins Schlaf-Wohn-Arbeits-Vergnügungs-zimmer.

An der Wand hängen lauter Fotos von alten Freunden. Viele werden morgen nicht kommen, weil ich sie aus den Augen verloren habe, weil sie woanders wohnen, eine Freundin ist bereits verstorben, andere wiederum werden morgen kommen und mir die Antifaltencreme schenken, die Theaterkarte oder ein wirklich gutes Buch.

Auch mit der Zahl der Freunde geht es bergab, wenn man sechzig wird.

Es hängen aber auch andere Fotos in meinem Zimmer, weil die Fotos Kunst sind. Es sind Postkarten mit Fotografien und Sprüchen oder einzelne Blätter aus Fotokalendern. Weil ich Kunst in Form von Kandinsky-Kunstdrucken nicht ausstehen kann, hängen in meinem Schlaf-Wohn-Arbeits-Vergnügungszimmer nur Foto-grafien, Sprüche und Listen. Einige haben sich schon gewellt oder sind vergilbt, aber ich kann mich nicht von ihnen trennen, das ist das Alter.

Meine Mutter sammelte Trockenblumensträuße und Porzellanteller, die an ihren Wänden hingen. Mein Vater sammelte Werkzeug, das er im Keller an die Wand hängte. Wir haben alles in den Container geworfen, wie auch Greta alles in einen Container werfen wird.

Es ist schon sehr spät und ich beginne, mir

Sorgen zu machen, obwohl Greta doch schon lange erwachsen ist und gut auf sich selbst aufpassen kann. Das ist gewöhnlich, dass sie spät kommt, wenn sie frei hat und mit Freunden unterwegs ist und ich mir Sorgen mache. Deshalb ist das Schlaf-Wohn-Arbeits-Vergnügungszimmer jetzt kein Vergnügungszimmer, sondern ein Sorgenzimmer. Ich schalte den Laptop an, um mich abzulenken, und surfe ein wenig herum, google alte Freunde, die morgen nicht kommen werden, weil wir uns aus den Augen verloren haben, vielleicht auch, weil wir uns nichts mehr zu sagen haben.

Ich trinke mein Weinglas aus und denke an die Geschwüre, die man vom Weintrinken bekommt und von den Zigaretten, die ich heute nicht geraucht habe. Mir fällt auf, dass ich früher nie an Geschwüre gedacht habe, auch nicht an Bandscheibenvorfälle. Das ist wieder das Alter, denke ich, man denkt an Geschwüre und ist zu früh am Flughafen.

Ich möchte jetzt Wasser trinken, einfach nur klares Wasser. Ich gehe in die Küche und schalte kein Licht an, das fahle Licht der Straßenlaterne genügt mir zur Orientierung. Ich nehme mir das Glas, das auf der Spüle steht und fülle etwas

Wasser hinein. Ich trinke einen Schluck und spucke ihn sofort wieder aus, denn es war das Glas mit dem Essig und dem Vorderstück meines Wasserkrans, dessen Bezeichnung ich nicht kenne. Ich muss ganz viel Wasser trinken, wegen des Essiggeschmacks. Ich schalte das Licht jetzt doch an, weil ich wieder neuen Essig in das Glas gießen muss, zum Entkalken. So habe ich am Morgen des sechzigsten Geburtstages einen Wasserkran, aus dem das Wasser gerade herausläuft und nicht nach allen Seiten spritzt und das wird mich freuen. Ich schalte den Laptop aus und begebe mich ins Bad.

Macht euch bettfertig, sagte meine Mutter zu uns, wenn die Nachrichten begannen und unschöne Bilder von Biafrakindern und Vietnamkriegsopfern zeigten. Bettfertig machen geht bei mir ganz schnell. Das ist gut so, wenn man sich mit einer Greta das Bad teilt, die stundenlang mit ihren Haaren beschäftigt ist. Es geht schnell, weil ich nichts vom Schminken verstehe und auch nichts vom Abschminken. Mir nur eben die Zähne putze, kurz dusche, mich eincreme und ganz flüchtig in den Spiegel blicke, denn was ich dort sehe, gehört nicht auf meine Liste mit den Glücksmomenten. Es ist eine Frau mit getöntem, schlaffem Haar und einem alten Gesicht, das keine Verliebtheit mehr planen sollte.

Ich versuche mir vorzustellen, wie meine Mutter aussah, als sie jung war, aber ich sehe nur ihr altes Gesicht vor mir. Das finde ich faszinierend, dass man sich nicht mehr an junge Gesichter erinnern kann, nicht einmal an sein eigenes. Selbst wenn ich es auf Fotos sehe, kommt es mir seltsam fremd vor. Genauso geht es mir mit den Babyfotos von Greta, sehr niedlich, aber fremd. Wenn ich morgen unter einen Raupenschlepper gerate, werden alle dieses alte Gesicht von mir in Erinnerung haben. Ich denke darüber nach, wie mein Leben verlaufen wäre mit einem anderen Gesicht, zum Beispiel mit dem Gesicht von Greta Garbo oder Isabella Rosselini, ob sich Wesentliches geändert hätte.

Wenn ich traurig darüber war, dass ich nicht so hübsch wie meine Freundinnen war, sagte meine Mutter zu mir:

Schönheit vergeht – Charakter besteht. Das sollte wohl ein Trost sein.

Ich überlege kurz, ob ich Lea ein Gesicht geben muss. Sie wird ein hübsches Gesicht haben, das Gesicht einer gutaussehenden Frau um die

fünfzig. Mit Leas Schönheit ist es nicht so schnell
bergab gegangen, vielleicht, weil von Anfang an
mehr da war, ein großer Berg voller Schönheit,
und von einem hohen Berg geht es zwar auch
bergab, aber es dauert.

Ich kann nicht einschlafen. Ich warte auf Greta,
obwohl mein Sorgenzimmer jetzt ein Schlafzimmer ist. Ich muss an meine Zettel mit den
Glücksmomenten und den Unglücksmomenten
denken und dass ich morgen sechzig werde und
es dann immer nur bergab geht.

Lea denkt jetzt nicht darüber nach, was aus ihr
einmal werden soll, sondern tanzt mit ihrer
Walking- oder Jogging- oder Yoga-Gruppe ganz
wild zu den Klängen der Achtziger, denn sie
weiß noch nicht, dass es ganz anders wird, als es
jetzt ist. Das weiß sie erst viel später, als sie ein
bisschen frische Luft schnappen geht.

Meine Sorge dreht gerade den Schlüssel im
Schloss herum und ich empfinde nichts als
Freude, mir Sorgen machen zu dürfen. Ich stehe
nicht auf und möchte jetzt kein Über-
raschungsgeschenk. Es ist wunderbar dunkel in
dem Raum ohne Kandinsky-Kunstdruck. So

dunkel müsste es im Paternoster sein, ganz oben, bevor man mit dem Kopf zuerst bergab fährt. So stelle ich mir die Wende vor.

Ich könnte ein Vaterunser beten, das habe ich schon jahrelang nicht mehr getan. Es erscheint mir gerade in diesem Augenblick, in dem ich im Bett liege und mir keine Sorgen mehr mache, vollkommen passend. Ich beginne, den Text vor mich herzubeten und bin erstaunt, dass ich mich noch einigermaßen erinnere, aber schon der Anfang erweckt Zweifel in mir, denn ich bin mir ganz sicher, dass der liebe Gott nicht im Himmel wohnt, sondern irgendwo auf der Erde herumlungert. Natürlich mit Tarnkappe und oft am falschen Ort. Dass er viel zu oft bei uns herumlungert, die wir doch genug zu essen haben und nicht denen das Brot gibt, die keines haben.

> Pater noster,
> qui es in coelis,
> sanctificetur nomen tuum,
> adveniat regnum tuum.
> Fiat voluntas tua sicut
> in coelo et in terra .
> Panem nostrum supersustantialem
> da nobis hodie.

Et dimitte nobis debita nostra,
sicut et nos dimittimus debitoribus nostris.
Et ne nos inducas in tentationem,
sed libera nos a malo.
Amen

Aber das kann ich dann auch wieder verstehen, denn bei uns ist es komfortabler und das findet der liebe Gott sicherlich auch sehr angenehm. Wie praktisch wäre es, wenn ich für mein Studium einen Kredit aufnehmen könnte und er mir meine Schulden erlassen würde, dann bräuchte sich meine Mutter nicht immerzu im Grab herumzudrehen. Zum Schluss erlöst mich der liebe Gott von allem Übel. Damit können ja nur die Geschwüre gemeint sein. Dieser Gedanke beruhigt mich so, sodass ich einschlafe und vergesse, dass es bereits nach Mitternacht ist und ich nicht mehr 59 Jahre und 364 Tage alt bin.

Es gibt Zufälle, die sind gar keine echten Zufälle. Etwa der Zufall mit der Themenkarte, die hat Alex mir doch untergeschoben, ich bin mir ganz sicher. Alex weiß doch, dass ich keine Greta mit weichem Haar bin, nach dem netten Abend, damals, nach dem Seminar. Aber dann gibt es auch die echten Zufälle, an die man vorher nicht denkt, weil man es nicht einmal im Traum für möglich hält, dass gerade das eintreffen wird. Greta hat keine Uni, weil sie bei mir im Urlaub ist und ich verschlafe am Morgen meines sechzigsten Geburtstages, denn Greta weckt mich nicht, sie kann heute ausschlafen, aber ich muss heute zur Hochschule, nicht in Alex Seminar, sondern in ein anderes. Ich habe keine Zeit, einen heißen Kakao zu trinken und ich denke, das ist nicht schlimm, denn ab heute nehme ich zu, wenn ich nur Schokolade ansehe. Ich beeile mich so sehr, dass ich vergesse, dass es jetzt nur noch bergab geht und dann geht es viel schneller bergab, als mir lieb ist. Ich stolpere auf der obersten Stufe des Treppenhauses und falle die Treppe hinunter, nur sieben Stufen, aber mit dem Kopf zuerst, mit dem Kopf gegen das Geländer und ich höre den von mir erzeugten Knall nicht mehr, weil ich einen Moment bewusstlos bin. Gerade in diesem Moment öffnet Frau Sosznik ihre Wohnungstür. Als sie schreit, werde ich wieder wach. „Nicht aufstehen", ruft sie, „liegen bleiben", und rennt zum Telefon und wählt die Notrufnummer. Zunächst bin ich ohnehin ein wenig verwirrt. Später liege ich im Notarztwagen mit einem Geschwür am Kopf und einer Prellung am Arm.

Im Krankenhaus sagt der Arzt zu mir, Sie behalten wir zur Beobachtung hier. Hier muss ich einräumen, dass ich vorher nicht daran gedacht habe, dass ich ohne Mandeln nur zur Beobachtung an meinem sechzigsten Geburtstag im Krankenhaus liegen könnte.

Die Nachbarin hat Greta geweckt, die sich ausnahmsweise einmal Sorgen um mich macht, obwohl sie müde ist und gähnt, aber mein neues Nachthemd hat sie eingepackt; ich wusste doch, dass es gut ist, sich ab und zu ein neues Nachthemd zu kaufen. Ich beruhige sie und sage, ich bin ja nur zur Beobachtung hier. Hauptsache, es ist nichts Schlimmes passiert. Eine Gehirn-erschütterung ist doch ein Kinkerlitzchen, sage ich und bin ein wenig froh, dass es einen Unterhaltszahler gibt, der sich jetzt Sorgen machen kann. Natürlich nicht um mich, sondern um Greta, um mich sollte sich jetzt jemand mit hübschen blauen Augen sorgen, weil in ein paar Tagen ein Platz im Seminar frei bleiben wird, aber ich bin mir nicht sicher, ob Alex vor lauter Gretas mein Fehlen bemerken wird.

Als mein Vater zum ersten Mal in einem Ort mit Bad am Anfang war, haben wir sein Fehlen auch nicht bemerkt, denn meine Mutter hat ja den Haushalt erledigt. Das Spazierenfahren und Spazierengehen haben wir überhaupt nicht vermisst, stattdessen haben wir sonntags Rauchende Colts und Bonanza im Fernsehen angeschaut. Nur meine Mutter hat ihn vermisst, weil sie alleine spazieren gehen musste und weil sie darüber nachdachte, mit wem wohl mein Vater spazieren ging, im Kurpark von Bad Meinberg, Bad Salzufflen oder Bad Soltau.

Nachher hat mein Vater meine Mutter in ein teures Restaurant eingeladen. Das war natürlich ein Reinfall, das hätte er vorher wissen müssen. Er wollte vielleicht etwas gut machen, nachdem er braungebrannt vom Spazierengehen im Kurpark und bester Laune zurückgekehrt war zu meiner Mutter, die ganz blass war vom Hausarbeiten erledigen. Meine Mutter ist noch viel blasser geworden, als sie die Speisekarte sah. Mein Vater wollte ihr einmal etwas Besonderes gönnen, aber meine Mutter wollte sparsam sein und gar nichts Besonderes, es sei denn, es war herabgesetzt. In einem Restaurant werden die Preise ab und zu heraufgesetzt, wegen des teuren Heizöls oder der Inflation. In Restaurants gibt es keinen Sommer- oder Winterschlussverkauf. Nun saßen meine Eltern in diesem teuren, aber wirklich guten Restaurant und mein Vater wollte vielleicht etwas gut machen. Meine Mutter bestellte sich eine Suppe, einfach nur eine Suppe, die hier Terrine de Suprème hieß, und mein Vater musste die ganze Zeit alleine essen, denn er hatte sich ein Menü mit drei Gängen bestellt. Sie haben sich an diesem Abend fürchterlich gestritten, viel mehr noch als mein Bruder und ich beim Monopolyspiel. Als sie nach Hause kamen, stritten sie weiter. Meine Mutter hat die Türen geknallt und „damit basta" geschrien. Mein Vater ist in den Keller gegangen und hat sich ein Bier geholt. Ich hatte die ganze Zeit Angst, sie würden sich nun trennen.

Ich liege im Krankenhaus und werde beobachtet und bin froh, dass es nichts zu beobachten gibt außer einer Prellung am Arm und einer Beule am Kopf, die nicht einmal so groß ist wie die Beule an meinem Auto. Mit sechzig kann man sich schnell mal die Knochen brechen, denn es geht ja auch bergab mit deren Festigkeit. Es ist außerordentlich langweilig, in diesem Bett mit den Rollen und den zu weichen Matratzen zu liegen, denn ich habe Kopfweh und darf nicht lesen, nicht schreiben und nicht fernsehen, nur ab und zu auf mein Handy schauen und es gibt nicht einmal ein Zucker-Ei zu essen. Am besten auch nicht nachdenken, aber wie soll man das Denken abschalten? Ich bin jetzt sechzig und es ist ganz schnell bergab gegangen und ganz anders, als ich es mir vorgestellt hatte.

Abends kommen ein paar Freunde vorbei und bringen Geschenke mit. Ich liege ruhig in meinem Bett und sage, trinkt ruhig. Sie haben Champagner mitgebracht und Pappbecher und stoßen auf mein Wohl an. Ich trinke nicht mit, denn ich darf keinen Alkohol trinken. Außerdem mache ich mir nichts aus Champagner, nicht aus Sparsamkeitsgründen. Ich finde es aber rührend, dass sie gekommen sind und ihre Pappbecher mitgebracht haben, obwohl sie nicht einmal Pizza bekommen.

Greta ist auch da. Sie überreicht mir einen hübschen Umschlag. Ich erkenne sofort, dass Greta überhaupt nicht sparsam war, denn der Umschlag enthält zwei Eintrittskarten, zwei. Sie zwinkert mir zu, weil es zwei sind und wir doch über Alex gesprochen haben. Sie stellt sich das so einfach vor, und ich habe nicht einmal die Geschichte geschrieben. In dem Collegeblock, der mit mir die Treppe hinuntergestürzt ist, steht gerade einmal LEA, nichts als LEA. Jetzt habe ich zwei Eintrittskarten, damit hat mich Greta wirklich überrascht.

Meine Freunde drücken mir ein kleines Päckchen in die Hand und ich soll erraten, was es enthält. Ich möchte ihnen auf keinen Fall den Spaß verderben und sage nicht Antifaltencreme, obwohl das Päckchen die Form einer Antifaltencremeverpackung hat. Was hat eigentlich mein Vater an besonderen Tagen meiner Mutter geschenkt? Ich glaube, es waren Schmuck-stücke. Also sage ich, es ist eine Uhr, aber meine Freunde grinsen und schütteln den Kopf. Jetzt muss ich wirklich sehr nachdenken. Das fällt mir gar nicht so leicht mit meiner Beule am Kopf. Schließlich sage ich Rasierapparat, von der Größe her könnte es schließlich stimmen, doch es stimmt schon wieder nicht. Ein drittes Mal möchte ich nicht raten. Ich reiße die Verpackung auf und finde einen Fotoapparat, eine Sofortbildkamera, mit der man wunderbare Aufnahmen von Weingütern in der Toskana machen kann oder Schnappschüsse von Freunden. Ich bedanke mich überschwänglich und probiere ihn sofort aus, schieße ein paar Fotos hier im Krankenhaus, Schnappschüsse, so wie mein Vater manchmal Schnappschüsse von uns Kindern machte mit seiner alten Box, so nannte er seine Schwarz-Weiß-Kamera, in die man von oben hineinschauen musste. Demnächst hängen wieder neue Fotos in meinem Schlaf-Wohn-Arbeits-Vergnügungs-zimmer mit denselben Gesichtern. Fast denselben, denn auf den neuen Fotos wird man ein paar Falten mehr und ein paar Haare weniger sehen und ich bin ganz voller Freude an diesem Abend meines sechzigsten Geburtstages und vergesse, dass es von nun an bergab geht.

Es ist langweilig in einem Krankenhaus, wenn man beobachtet wird und still liegen muss, weil man Kopfweh hat. Ich frage den Arzt, ob er nicht nach meinen Geschwüren sehen kann, aber er meint, dafür sei er nicht zuständig. Ich beschließe, ein wenig über Lea nachzudenken, die ich in den letzten Stunden etwas ver-nachlässigt habe und deren Geschichte noch nicht auf meinem Collegeblock steht, geschweige denn in meinem Laptop, die ich aber in ein paar Tagen abgeben oder vorlesen muss.

Lea ist glücklich. Sie hüpft mit ihrer Walking-Gruppe wild auf der Tanzfläche herum und freut sich darüber, dass sich die Gäste amüsieren und dass ihnen das Essen schmeckt. Das zeigt, dass

Lea so ganz anders ist als ich, denn derartige Erlebnisse stehen nicht auf meinem Zettel mit den Glücksmomenten. Lea macht jetzt eine Pause. Sie geht zur Bar und trinkt ein großes Glas Mineralwasser und schaut sich nach ihrem Gatten um, dem Dicken oder dem Sportlichen, den sie nicht finden kann. Weil sie verschwitzt ist, möchte sie ein bisschen frische, kühle Luft schnappen. Jeder Mensch, der in einem gediegenen Landlokal seinen fünfzigsten Geburtstag feiert, geht zum Frischeluftschnappen durch die Vordertür heraus und gesellt sich zu den Rauchern und den anderen Frischeluftschnappern, plaudert ein wenig mit ihnen und lässt sich bestätigen, wie ausgezeichnet das italienische oder orientalische Buffet ist und wird gefragt, wo man es bestellen kann, „schick mir doch bitte einmal die Adresse". Doch Lea geht, aus welchem Grund auch immer, nicht durch den Vordereingang, sondern wählt den Hinterausgang, den kaum jemand wahrgenommen hat, nur eventuell diejenigen, die bereits die Toilette benutzt haben. Denn in deren Nähe befindet er sich meistens, der Hinterausgang, und dort möchte sie jetzt ein wenig frische Luft schnappen. Die Tür steht offen. Sie kann lautlos und unbemerkt hinausgehen, verschwitzt wie sie ist, und tief Luft holen. Und dort sieht sie ihren Mann neben einem Baum stehen, man kann nicht erkennen, was es für ein Baum ist. Häufig sind es Linden, die am Hinterausgang eines gediegenen Landlokals stehen. Ihr Gatte steht dort nicht allein, sondern mit einer Frau, die er jetzt küsst, denn niemand geht normalerweise durch den Hinterausgang. Deshalb kann man sich hinter einem gediegenen Landlokal ungestört küssen. Nur Lea, die aus irgendeinem Grund den Hinterausgang benutzt hat, zum Frische-luftschnappen, sieht ihren Mann eine ihr bekannte Frau küssen. In Filmen ist es meistens eine Sekretärin oder die beste Freundin, aber diesmal ist es eine alte Studienkollegin ihres Mannes, Lea erkennt sie sofort.

Jetzt muss Lea reagieren, aber ich weiß gar nicht, wie sie reagieren wird. Bleibt sie ganz ruhig und geht unbemerkt wieder ins Lokal oder wird sie hysterisch und macht ihm eine Szene, verteilt sie Ohrfeigen oder bricht sie in Tränen aus? Ich weiß nur, dass ihre kleine Welt jetzt zusammenbricht und dass nun Fragen auf sie zukommen werden, wie „was soll nur aus mir werden?" und „ob mich noch einmal ein Mann nehmen wird?". Das könnten jetzt ganz passende Fragen sein und ich muss mir nur noch einen Schluss überlegen nach der Einleitung und dem Höhepunkt, so wie man es in einem Schreibseminar lernt.

Ich glaube, Lea wird ganz ruhig bleiben. Sie wird unbemerkt durch den Hinterausgang wieder hineingehen, ihre Geschenke liegen lassen, dafür aber ihre Tasche mitnehmen. Sie wird das Fest verlassen und sich zu Hause auf das Sofa werfen und weinen.

Mein Vater würde jetzt sagen, das kommt in den besten Familien vor. Das hat er nämlich gesagt, als sein Kollege seine Frau verlassen hat und zu einer jüngeren Frau gezogen ist. Wir waren wohl keine beste Familie, nur eine gute, denn als mein Vater aus Bad Soltau oder Bad Meinberg wieder nach Hause kam, ist er mit meiner Mutter spazieren gefahren und spazieren gegangen. Wir Kinder waren schon groß und mussten nicht mehr mit.

Nun ist meine Geschichte über Lea fast zu Ende, denn sie handelt nur von dem fünfzigsten Geburtstag und nicht von dem Leben danach, in dem es bergab geht und all die Krankheiten und Einsamkeiten kommen, und sie handelt auch nicht von der Karriere, in der es bergauf geht. Lea könnte in die Politik gehen und Bundeskanzlerin werden, das wird man oft erst nach fünfzig und es ist vollkommen egal, dass man sich vorher hat scheiden lassen.

Ich bin gerade sechzig geworden und liege in einem Krankenhaus ohne Mandeln, aber mit einer Gehirnerschütterung. Den Putzfrauen kann ich keine Antifaltencreme liegen lassen, denn ich habe keine geschenkt bekommen. Ich habe vergessen über Leas übrige Geschenke zu schreiben. Die vielen Blumen, die Dekosachen und die Gutscheine. Sie wird ihre Päckchen an dem Abend ihres fünfzigsten Geburtstages nicht auspacken. Sie wird vielleicht darüber nachdenken, was sie mit einem Reisegutschein für zwei Personen anfangen wird.

Am nächsten Tag werde ich entlassen mit der dringenden Empfehlung, mich noch ein wenig zu schonen. Mit dem Mittagessen kommen auch Greta und Lisa, um mich abzuholen. Greta hebt neugierig den Deckel meines Mittagessens hoch. Es gibt Kotelett, Klöße und Rotkohl, und ich sage, iss ruhig, ich mag es sowieso nicht, weil ich Krankenhausessen grundsätzlich nicht mag, denn es schmeckt nach Krankheit und Geschwüren und weil ich Koteletts insbesondere nicht mag, bei denen ich immer dieses klackende Geräusch im Ohr habe, dieses sparsame Geräusch vom Abnagen eines Knochens, aber davon sage ich Greta nichts. Greta schiebt das Kotelett zur Seite und isst die Klöße und den Rotkohl. Hm, schmeckt nach Oma, sagt sie, und das gefällt ihr.

Anschließend setzen mich die beiden in meinem Schlaf-Wohn-Arbeits-Vergnügungszimmer ab, das jetzt ein Krankenzimmer ist und fragen, was sie für mich tun können, aber ich sage, geht nur, schonen kann ich mich alleine.

Ich gehe in die Küche und sehe auf der Arbeitsplatte das Glas mit dem Essigwasser. Es ist ein wenig trüb von den darin schwimmenden Kalkstücken und ich denke, so gründlich habe ich das vordere Stück des Wasserhahns, dessen Name ich immer noch nicht kenne, noch nie entkalkt, so hatte dieser Krankenhausaufenthalt auch etwas Gutes und das ist wohl die Kunst im Leben, immer das Gute einer Sache zu erkennen. Ich könnte jetzt die Küche aufräumen, denn Greta hat etwas Unordnung hinterlassen, aber ich kann das verstehen, sie hat sich ja Sorgen um mich gemacht. Wenn man nur Kinkerlitzchen

hat, kann man ruhig ein wenig die Küche
aufräumen.

Meine Mutter hat sich auch immer um die Küche
gekümmert, wenn sie Kinkerlitzchen hatte, denn
es gab niemanden, der für sie den Haushalt
erledigt hätte und ihr ein Zucker-Ei ans Bett
gebracht hätte.
Später brauchten wir ihr auch kein Zucker-Ei
mehr ans Bett zu bringen, denn eines Tages fiel
sie vom Fahrrad und starb auf der Stelle, wegen
eines Herzanfalls, als hätte sie beschlossen,
genug gespart, geweint, den Haushalt erledigt
und Vorräte angelegt zu haben.

Das Telefon klingelt und es ist Oliver, der mir
zum Geburtstag gratulieren möchte und von
seinen neuen Plänen erzählt.
Ich höre mir alles an und gratuliere ihm, aber ich
bin mir gar nicht so sicher, ob ich wirklich will,
dass er nach Amerika geht, denn Amerika ist so
weit weg und der Flug ist so teuer und ich weiß
nicht, ob mein Erbteil ausreicht, das ich verjuble,
aber ich ermutige ihn trotzdem, diese neue Stelle
anzutreten. Amerika steht gar nicht auf der Liste
meiner Möglichkeiten, die ich mit Beginn des
gestrigen Tages in Erwägung gezogen habe und

die ebenfalls in meinem Schlaf-Wohn-Arbeits-Vergnügungszimmer an der Wand hängt zwischen all den anderen Listen und Fotos und Sprüchen. Ich laufe ein wenig mit dem Telefon in der Hand durch das Zimmer, bis ich vor dem Foto mit Oliver stehe, ein junger Oliver mit einer kleinen vergnügten Greta auf den Schultern. Oliver gehört zu den Freunden, die Greta immer mochte, zu den sogenannten guten Freunden, die nicht zum Verlieben da sind.

Plötzlich werde ich traurig, denn ich bin mir nicht sicher, ob Freunde finden zu den Ereignissen gehört, die üblicherweise nach dem sechzigsten Geburtstag eintreten und ob es neue Olivers geben wird, die mir die Hand halten werden, wenn die Geschwüre kommen. Ich denke an hübsche, blaue Augen und frage mich, ob die einmal zu den guten Freunden gehören werden, weil ich beschlossen habe, nicht mehr meine Verliebtheit zu planen, wobei Freunde finden vielleicht noch schwieriger zu planen ist.

Greta verbringt den Tag beim Unterhaltszahler. Das macht sie ab und zu, weil sie ihn mag und weil sie die Stadt mag, in der er wohnt und das Essen, das er kocht und weil sie dort nicht sparsam sein muss.

Lisa verbringt das Wochenende mit ihrem Mann. Ich bin alleine und das ist gut, denn ich muss nun endlich die Geschichte aufschreiben, die sich bereits in meinem Gedächtnis befindet, das sich nicht mehr viel merken kann.

Ich setze ich mich an den Esstisch und tippe die Geschichte von Lea direkt in den Laptop, drucke sie aus und darunter setze ich nicht meinen Namen, sondern meine Telefonnummer, wegen der zwei Eintrittskarten. Ich frage meine Nachbarin, ob sie den Brief für mich zur Post bringen kann, denn ich soll mich noch ein paar Tage schonen und nicht an Seminaren teilnehmen. Ach, das habe ich vergessen auf den Briefumschlag zu schreiben. Alex wird sich wundern.

Ich schaue mir auf meinem Smartphone noch einmal die Geburtstagsgrüße an, die ich erhalten habe. Der Unterhaltszahler hat mir gratuliert und auch von meinem Bruder habe ich eine Nachricht erhalten. Wie immer teilt mir mein Bruder mit, dass er keine Zeit hat, mich zu besuchen, weil sein Leben voller Termine ist und dass diese Termine sehr spannend sind, das schreibt er immer; spannend. Mein Leben ist ganz unspannend, vor allem jetzt, wo ich mit einer Beule am Kopf in meinem Schlaf-Wohn-Arbeits-Vergnügungszimmer sitze, aber das schreibe ich ihm nicht zurück, denn mit unspannendem Leben kennt er sich nicht aus.

Greta ist jetzt beim Unterhaltszahler, nur zum Vergnügen, der sich keine Gedanken darüber macht, was aus ihm einmal werden wird, denn aus ihm ist ein erfolgreicher Unternehmer geworden und damit ist er wohl zufrieden. Er hat auch keine Mutter, die sich fragt, ob ihn denn eine Frau nehmen wird, denn Frauen gab es genug, die ihn genommen haben, auch wenn es zwischendurch mal mit der Liebe bergab ging, so wie bei uns damals, dann gab es immer wieder eine neue Liebe, mit der es bergauf ging. Und ob es mit seiner Gesundheit oder seiner Sportlichkeit bergab ging, weiß ich nicht, denn Greta ist mit ihren Erzählungen über den Unterhaltzahler sehr sparsam, und das ist gut so.

Mein Arbeitszimmer wird wieder zu einem Krankenzimmer. Ich lege mich auf mein Bett und denke nach.
Okay, ich bin jetzt sechzig mit einer Beule am Kopf und einem erschütterten Gehirn, das sich nichts merken kann und deshalb muss ich mir

117

alle wichtigen Dinge notieren. Ob ich schon Geschwüre habe oder Kinkerlitzchen, weiß ich nicht, weil der Arzt dafür nicht zuständig war, aber ich kann ein Smartphone bedienen und Schnappschüsse schießen.

Ich kann keine Reden halten, weil ich mich verhasple und deshalb werde ich nicht Bundespräsidentin. Ich kann den Pizzaservice anrufen und ich kann studieren, aber ich kann mich nicht schminken. Neuerdings kann ich nicht einmal problemlos sieben Stufen einer Treppe hinuntergehen. Ich kann keine Champagnerflasche öffnen, was nicht tragisch ist, denn ich mache mir nichts aus Champagner. Ich bin auch keine Sportskanone geworden, die nach ihren Siegen Champagnerflaschen öffnen muss.

Ich weiß nicht, was ein Aktienfond ist, weil die Ersparnisse meiner Eltern auf einem ganz normalen Sparkonto liegen, aber ich weiß, wie man Geld verjubelt und Vorräte anlegt.

Ich träume von Glücksmomenten, die auf Listen stehen, weil ich gerne Listen mit wichtigen Dingen in meinem Schlaf-Wohn-Arbeits-Vergnügungszimmer aufhänge.

Ich nehme mein Handy und wähle Alex Nummer, obwohl ich am Telefon die schönen, blauen Augen nicht sehen kann, um mitzuteilen, dass ich in der kommenden Woche nicht am Seminar teilnehmen kann. Die Tatsache, dass ich genau in diesem Moment die Nummer wähle, ist fast so seltsam wie die Tatsache, dass Lea durch den Hinterausgang geht, wo doch alle Welt durch den Vordereingang eines gediegenen Landlokals geht. Am Ende der Leitung meldet sich eine fremde Stimme mit dem Namen Heimann. Ich bin völlig perplex und lege auf, denn damit habe ich nicht gerechnet. Dabei ist es doch das Normalste der Welt. Alles andere wäre ungewöhnlich.

Ich suche in meinem Chaosküchenschrank nach Schokolade, Wein und Zigaretten, denn manchmal lege ich Vorräte an. Ich mache es mir in meinem Schlaf-Wohn-Arbeits-Vergnügungs-zimmer gemütlich, das jetzt ein trauriges Zimmer ist. Ich bin allein und möchte es jetzt auch sein. Ich nehme den Zettel mit den Glücksmomenten von der Wand und streiche eine Zeile durch. Dann fällt mir nichts mehr ein, was ich außer Trinken, Rauchen und Essen bis zur Übelkeit machen könnte. Ich glaube jetzt fest daran, dass die Geschwüre vor dem Band-scheibenfall kommen werden und ich fühle mich, als wäre ich in den Schacht gefallen, den, der sich unter dem Standesamt in Münster befindet, mit den vielen Gerippen. Die Gerippe und ich, wir feiern eine After-Life-Party mit Wein, Schokolade und Zigaretten. Natürlich bin ich es nicht, die da unten ist, sondern mein bestehender Charakter, der mit den Gerippen Walzer tanzt. Hier unten im Schacht ist jeder Tag wie der andere. Keiner sieht meine Tränen und keiner hört mein Schluchzen und im Schacht gibt es keine Liebeslieder-Schallplatten.

Alles Unsinn! Ich rufe natürlich nicht bei Alex an, selbst, wenn ich die Nummer gehabt hätte, hätte ich nicht angerufen, denn ich benutze auch nicht den Hinterausgang eines gediegenen Landlokales.

Ich bin sechzig Jahre alt. Es gibt nur noch eine Sorte von Tagen und die werde ich nicht mehr zählen. Ich weiß nicht, was aus mir noch werden wird.
Ich werde keine Snowboardfahrerin. Ich werde niemals in der Küche stehen und stundenlang Buttercremetorte backen. Ich werde keine Friseuse und keine Sportskanone, obwohl ich Turnschuhe trage.

Den Kasten Bier hole ich selbst aus dem Supermarkt, solange ich keinen Bandscheibenvorfall habe. Irgendwann hänge ich die neuen Fotos auf, die neuen Fotos mit den alten Gesichtern. Oder neue Fotos mit neuen Gesichtern.

Den Zettel mit den Glücksmomenten lasse ich hängen und füge ab und zu etwas hinzu. Den Zettel mit den Unglücksmomenten hänge ich lieber ab.

Ich werde Greta nicht mehr die trigonometrischen Funktionen erklären, denn Greta ist erwachsen und möchte sich nichts mehr von mir erklären lassen.

Manchmal werde ich mit Freunden ins Kino gehen, weil es im Film immer erst bergab und am Schluss bergauf geht, ganz anders als im Leben oder nur deshalb anders, weil es im Film nicht weitergeht, und weil der Abspann mit der schönen Musik läuft, der ich lauschen werde, während ich mein Taschentuch aus der Jeans krame und mir die Tränen abtrockne.

Vielleicht geht es aber schon morgen mit mir bergab, weil die Geschwüre und die Anfälle kommen oder die Vergesslichkeit und mein Schlaf-Wohn-Arbeits-Vergnügungszimmer wird zum Krankenzimmer und Greta muss mir kein Zucker-Ei rühren und die Freunde werden mich nicht mehr besuchen, nicht, weil sie keine Pizza erhalten werden, sondern weil sie der Anblick von Siechtum an ihre eigene Vergänglichkeit erinnern wird, die sie gerne verdrängen, denn mit diesen Gedanken sind sie sparsam.

Vielleicht mache ich Greta dann Malässen, weil ich nicht mehr mit ihr in einen Ort fahren möchte, an dem es warm ist oder der mit dem Wort Bad beginnt, sondern in die Schweiz fahren möchte, aber nicht, um auf hohe Berge zu klettern.

Vielleicht lege ich aber auch eine neue Liste an, eine Liste mit all den Dingen, die aus mir geworden sind, und eines Tages füge ich das Wort Oma hinzu.

Vielleicht werde ich Schreiberin, also eine Schriftstellerin, die Ich-wäre-jetzt-die-und-du-wärest-jetzt-die-Geschichten schreibt, in denen es erst bergab und dann bergauf geht. Oder ich schreibe Geschichten über das Spazierengehen oder über das Spazierenfahren, das man heute nicht mehr mit dem Auto erledigt, sondern mit dem Rad, dem E-Bike oder dem Motorrad.

Vielleicht klingelt eines Tages mein Handy. Dann erzähle ich, dass ich gerne Turnschuhe trage, aber keine Sportskanone bin. Dass ich keine Koteletts mag und Essig nur zum Entkalken im Haus habe.

Und dass ich Angst vorm Paternosterfahren habe!

Und dann fahre ich mit zwei Eintrittskarten nach Duisburg oder Hamburg. Und wie immer komme ich viel zu früh an, aber das macht überhaupt nichts, denn ich gehe ins Stadthaus oder Rathaus und steige in den Paternoster und fahre hoch und wieder runter und springe nicht heraus, sondern fahre im Kreis herum, bergauf und bergab und bergauf und bergab und ich habe keine Angst, denn meine rechte Hand liegt in der linken eines Menschen mit schönen blauen Augen ...